KB113816

# 내 손끝의 탑스타

# 내 손끝의 탑스타 8

박골 장편소설

초판 1쇄 찍은 날 § 2018년 5월 23일
초판 1쇄 펴낸 날 § 2018년 5월 30일

지은이 § 박골
펴낸이 § 서경석

총괄팀장 § 최하나
편집책임 § 신보라
디자인 § 신현아

펴낸곳 § 도서출판 청어람
등록번호 § 제387-1999-000006호
등록일자 § 1999. 5. 31
어람번호 § 제1-2906호

주소 § 경기도 부천시 부일로 483번길 40 서경B/D 3F (우) 14640
전화 § 032-656-4452 팩스 § 032-656-4453
http://www.chungeoram.com
E-mail § chungeorambook@daum.net

ISBN 979-11-04-91739-4 04810
ISBN 979-11-04-91513-0 (세트)

박골 장편소설

FUSION FANTASTIC STORY

# 내 손끝의 탑스타

8

도서출판
청어람

# Contents

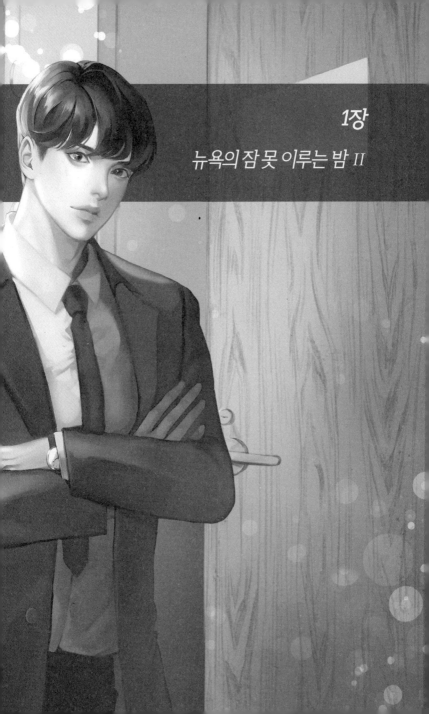

# 1장

## 뉴욕의 잠 못 이루는 밤 II

"이, 이게 대체……? 세뇨리타, 센트럴파크에서 대체 뭘 한 겁니까?"

히스패닉 청년, 후안 베스가 질린 얼굴을 했다.

재즈 바 뉴 소울의 오픈 시간은 저녁 7시였다. 하지만 오픈 시간 30분 전임에도 불구하고 많은 사람이 찾아와 줄을 서 있었다. 한산하던 뉴욕 뒷골목에 오랜만에 사람들이 찾아온 것이다.

송지유는 테이블에 턱을 괸 채로 창문 너머를 보고 있었다. 오픈 준비를 하던 후안이 맞은편에 앉았다.

"지유, 오늘 뭘 한 겁니까? 밖에서 누드쇼라도 했습니까?"

"혼날래요? 버스킹했어요."

"아, 역시!"

후안이 고개를 끄덕거렸다. 후안도 첫날 송지유의 노래를 듣고 충격을 받은 사람 중 한 명이다. 아시아권 가수라 하면 단체로 몰려나오는 아이돌 그룹이 전부라는 게 서양 사람들의 인식이다. 하지만 송지유는 달랐다. 후안이 생각하기에 송지유는 빌보드에서 활동하고 있는 여자 가수들과 견주어도 손색이 없을 정도였다.

"오늘 바쁘겠다, 후안. 고생 좀 하겠어요?"

"지유를 위한 고생이라면 감수해야죠. 하하!"

"으~ 느끼해."

송지유가 진저리를 치며 자리에서 일어났다. 그리고 커다란 테이블에 모여 있는 뉴 소울의 공동 소유주들에게로 다가갔다.

"잭 할아버지는 주문 확실하게 체크해 주세요. 존스 할아버지랑 브라운 할아버지랑 찰리 할아버지도 오늘 각오 단단히 하세요. 신청곡이 밀려들 거예요."

들떠 있는 지배인 블랙잭과 달리 세 노인은 죽을상을 하고 있었다.

"지유, 우리 나이도 생각해 줘야지. 팔팔한 지유는 도저히 못 따라가."

존스 영감이 투정을 부렸다. 송지유가 그럴 줄 알았다는 표정으로 현우 쪽을 쳐다보았다.

"대표님!"

카메라가 돌아가고 있었기에 편하게 오빠라고 부를 수는 없었다.

'하아, 이걸 줘야 하나?'

현우가 잠시 망설였다.

"대표님, 빨리 주세요!"

송지유의 재촉에 현우가 마지못해 피크닉 바구니를 건넸다. 송지유가 노인들이 모여 있는 테이블 위로 피크닉 바구니를 올려놓았다. 그 안에서 예쁘게 포장된 일회용 용기들이 나왔다.

"이게 뭐지, 지유?"

블랙잭이 물었다. 송지유가 포장을 풀자 유부초밥이 모습을 드러내었다.

"오, 스시군."

존스가 알은척을 했다.

"네. 할아버지들이 고생하시는 것 같아서 만들어왔어요. 한인마트에서 재료 구하느라 고생 많이 했거든요. 몸에 좋은 것도 들어가 있으니까 남기지 말고 드세요."

"몸에 좋은 거? 한국의 보양식인가?"

"네. 홍삼 아시죠?"

"알지. 코리안 젤리 아닌가? 근데 원래 스시에 젤리도 넣나?"

"아시아 음식은 수준이 높아, 이 친구야. 설마 지유가 우리한테 맛없는 음식을 주겠나?"

말이 별로 없는 찰리가 존스를 타박했다. 사태의 심각성을 모른 채 노인들은 호의적이었다. 현우만 혼자 한숨을 삼키고 있었다.

"드세요. 우리 대표님이 제일 좋아하는 음식이에요."

"그래? 그럼 맛도 좋겠군."

노인들이 유부초밥을 집어 들었다.

결국 현우는 두 눈을 질끈 감아버렸다.

\* \* \*

저녁 7시. 뉴 소울이 오픈하자 기다리고 있던 사람들이 우르르 가게 안으로 들어오기 시작했다. 순식간에 뉴 소울이 사람들로 북적거렸다.

제작진이 환호성을 지르며 기뻐했다. 뉴욕 체류 보름 만에 이루어낸 쾌거였다.

지배인 블랙잭이 정신없이 주문을 받았다. 후안은 칵테일을 제조하랴 음식을 준비하랴 정신이 없었다. 그 순간 비어 있던 자리도 채워졌다. 만석이다. 미처 앉지 못한 사람들은 스탠딩 바에 팔꿈치를 기대었다.

뉴 소울의 직원 대기실. 현우와 어울림의 두 직원이 송지유를 기다리고 있다.

"석훈아, 밖에 손님들 얼마나 채워졌어?"

"보고 오겠습니다."

잠시 후 고석훈이 돌아왔다.

"비어 있는 자리가 없습니다, 대표님."

"버스킹 효과가 확실히 크네."

현우가 흐뭇한 얼굴을 했다.

철컥.

대기실 문이 열리고 송지유가 나타났다.

"괜찮죠?"

송지유가 길게 숨을 고르며 물었다. 개나리 색깔 원피스. 송지유가 처음 입은 무대의상이다. 그리고 김은정과 함께 손수 제작한 것이다.

특별한 무대에서만 입을 거라고 말하며 아끼고 아끼던 의상을 입었다.

"송지유, 작정했구나?"

"네. 외국인 앞에서 정식으로 하는 공연은 이번이 처음이잖아요."

"첫 곡은?"

"비밀인데요?"

송지유가 새초롬한 얼굴을 했다. 현우가 피식 웃었다. 송지유가 현우에게 손을 내밀었다.

"왜?"

"우리 첫 무대 기억나요?"

"기억나지. 어떻게 잊겠어?"

현우와 송지유는 첫 무대인 홍인대학교의 축제 무대를 생생히 기억하고 있었다. 핑크플라워와 무모할 정도로 치고받기도 했고, 처음으로 관객들과 교감을 나누기도 했다.

"그때는 오빠도 초보 매니저였고 나도 아무것도 몰랐을 때잖아요."

"그렇지. 지금만 같았으면 핑크플라워 매니저랑 싸울 생각은 꿈에도 못 했겠지."

"나도 마찬가지예요. 이혜미, 잘 지내고 있는지 궁금하네요."

그리 오래되지 않았지만 그때의 기억이 생생했다.

"그때 오빠 손잡고 무대로 올라갔잖아요. 오빠가 손을 잡아주지 않았다면 분명 실수했을 거예요. 그러니까 오늘도 오빠

손잡고 무대에 올라갈래요."

"그래, 그러자. 그럼 가시죠, 세뇨리타."

현우가 후안의 느끼한 표정까지 따라 하며 손을 슥 내밀었다. 송지유가 풋 하고 웃었다.

현우가 송지유의 손을 잡고 직원 대기실을 나섰다. 그리고 손님들 사이를 가로지르며 무대로 향했다.

버스킹 공연을 통해 송지유의 팬이 된 뉴욕 시민들이 뜨거운 박수를 보내왔다. 무대 계단에 서서 송지유가 현우의 손을 스르르 놓았다.

"갓 지유, 무대 기대할게."

"기대해도 좋아요."

현우는 계단을 내려와 엘리스 가족의 테이블로 향했다.

무대로 올라간 송지유가 세 노인을 향해 입을 열었다.

"할아버지들, 준비됐죠? 진짜 연습하고 오신 거죠?"

"충분히 했어. 그리고 그 노래는 우리도 잘 아는 노래야."

"하긴 유명하긴 했지. 미국 쇼에도 몇 번 나오곤 했으니까."

존스 영감과 브라운 영감이 이야기를 주고받았다.

"그럼 우리 오늘 공연도 잘해봐요."

송지유와 세 노인이 손을 모았다.

라이브 바 무대 뒤로 새하얀 스크린이 펼쳐졌다.

제작진이 미리 준비해 놓은 것이다.

그리고 스크린에서 1996년에 개봉한 홍콩 영화 '첨밀밀'의 영상이 흘러나오기 시작했다.

"오늘 센트럴파크에서 함께해 주신 분들이 많이 보이네요. 첫 곡은 아시는 분들도 있겠지만 조금 생소할 수도 있는 곡이에요. 스크린에 영화 보이시죠? 첨밀밀이라고 아시아에서는 작품성을 인정받은 훌륭한 영화예요. 영화도 훌륭하지만 노래도 유명해요. 등려군이라고 혹시 아시나요?"

영화를 좋아하는 몇몇 뉴욕 시민들이 손을 들며 호응을 보내왔다.

송지유가 생긋 웃었다.

"반가워요. 사실 오늘 공연의 주제는 영화 음악이에요. 정확하게 말씀드리자면 제가 좋아하는 영화의 주제곡들이에요. 말이 너무 길었죠? 그럼 노래 불러 드릴게요. 곡 이름은 월량대표아적심. 해석하면 '달빛이 내 마음을 이야기하고 있잖아요'라는 뜻이에요. 스크린에 가사 나오니까 가사도 꼭 봐주세요."

송지유가 감정을 잡았다. 연기를 하듯 노래한다는 평가를 받고 있는 송지유였다.

어느새 송지유의 표정이 처연해졌다.

뉴욕 시민들이 낯선 대만 노래에 조금은 생소해하는 것 같았다.

현우는 내심 걱정이 되었다.

뉴 소울의 노인 악사들이 월량대표아적심의 연주를 시작했다.

그리고 송지유가 마이크를 잡고 눈을 감았다. 맑고 청아한 음색이 흘러나왔다.

현우도 옛 추억을 떠올리며 조용히 두 눈을 감았다.

1절이 끝났다.

현우는 눈을 뜨고 손님들의 반응을 살폈다.

낯선 선곡이기도 했지만 팝 장르와는 창법 자체가 달랐다.

하지만 거부감을 느끼거나 불편해하는 손님은 단 한 명도 없었다.

송지유의 서글프고 처연한 음색에 다들 푹 빠져 있었다.

핸드폰을 들고 촬영하는 손님도 많았다.

그리고 2절이 지나가고 노래가 끝났다.

박수보다는 아쉬움의 탄식이 쏟아져 나왔다.

송지유가 조용히 두 눈을 뜨고 손을 흔들었다.

그제야 박수가 쏟아졌다.

"와, 진짜 다행이다. 낯선 곡이라 반응이 이렇게 좋을 줄 몰랐어요. 그러면 한 곡 더 들려 드릴까요? 영화 첨밀밀의 주제곡이었던 첨밀밀이에요."

"지유, 그 노래는 우리도 몰라."

존스 영감이 곤란한 듯 말했다.

"걱정 마세요, 할아버지. 준비를 해왔거든요."

송지유가 박석준 피디를 쳐다보았다.

"피디님, MR 준비하셨죠?"

그렇다며 박석준 피디가 OK 사인을 보내왔다.

"바로 부를까요? 근데 제가 여기 아르바이트를 하고 있어서 그냥은 안 되는데……."

손님들이 웃음을 터뜨렸다.

현우도 피식 웃었다. 송지유답게 잊지 않고 가게 운영을 돕고 있었다.

여기저기에서 술 한잔 사겠다는 말이 쏟아졌다.

일종의 팁 개념이다. 블랙잭과 후안이 서둘러 주문을 받았다.

"그럼 바로 불러 드리겠습니다. 첨밀밀입니다. 꿀처럼 달콤하다는 뜻이에요."

MR이 흘러나왔다.

상쾌하고 경쾌한 느낌의 전주와 함께 송지유가 마이크를 잡고 입을 떼었다.

송지유의 부드러운 봄바람 같은 가성에 뉴 소울의 모든 사람이 빠져들었다.

송지유가 새침한 표정까지 지으며 손으로 현우를 콕 가리켰다.

"나?"

현우가 손가락으로 스스로를 가리키며 피식 웃었다.

송지유가 고개를 끄덕였다. 그리고 다른 손님들도 하나씩 가리켰다.

여기저기에서 웃음이 터졌다.

송지유의 노래가 계속되자 뉴요커들이 손을 좌우로 흔드는 기이한 풍경이 연출되었다.

그동안 제대로 된 촬영에 굶주려 있던 제작진은 눈을 빛내며 카메라를 들고 있었다.

노래가 끝이 났다.

실력에만 기대지 않고 밤새 연습을 한 송지유였다.

그에 보상이라도 받듯 손님들은 이미 박수갈채를 보내주었다.

송지유에게 반한 듯 몽롱한 눈동자를 한 젊은 청년들도 있었다.

"감사합니다. 즐거우시죠? 저는 조금만 쉴게요."

손님들의 아쉬움을 뒤로하고 송지유가 무대에서 내려와 현우를 찾았다.

"어땠어요?"

"굳이 뭘 물어봐? 최고였지."

"하하하! 갓 지유! 갓 지유!"

박석준 피디가 크게 웃으며 다가왔다.

얼굴이 벌겋게 상기되어 있었다.

차가운 도시에서 살아가는 뉴요커들이다.

그런 뉴요커들이 모두 한국에서 온 가수 어린 가수의 노래에 빠졌다.

그리고 이런 모습을 카메라에 담을 수 있다는 것 자체가 설레고 흥분되는 일이었다.

손님들로 꽉 찬 뉴 소울은 그 어느 때보다도 화기애애했다.

처음 보는 손님들끼리 자유롭게 이야기를 주고받으며 즐거운 시간을 보내었다.

"지유가 등려군 노래를 부르고 싶다고 해서 걱정했는데 이렇게까지 반응이 좋을 줄 몰랐습니다! 하하!"

"석준 오빠, 내가 믿으라고 했죠?"

"이제는 무조건 믿을게!"

박석준 피디가 웃으며 말했다.

송지유에게 물이 담긴 잔을 건네며 현우가 입을 열었다.

"지유야, 다음 영화 주제곡은 뭔데?"

"있어요."

"오늘 따라 비밀이 많네, 송지유."

현우가 쓰게 웃었다. 그때 가게 문을 열고 고석훈이 뛰어들어왔다.

"대표님! 피디님!"

"왜, 석훈아? 무슨 일인데?"

"그게 말입니다. 사람들이 점점 몰려들고 있습니다. 특히 한국 관광객들이 엄청나게 왔습니다!"

"그래?"

버스킹 때 센트럴파크에서 만난 한국 관광객들이 입소문을 낸 모양이다.

"한번 보시죠."

현우와 박석준 피디가 자리에서 일어났다. 그리고 슬쩍 창문 너머를 살펴보았다. 뒷골목으로 길게 줄이 서 있었다. 족히 3, 40명은 되어 보였다.

"이거 큰일이군. 더 이상은 자리가 없어."

블랙잭이 꺼끌꺼끌한 수염을 긁적였다. 그러면서도 행복한 얼굴을 하고 있었다.

"어쩌죠, 잭 할아버지?"

송지유가 물었다. 잠시 고민하던 블랙잭이 결단을 내렸다.

"별로 쌀쌀한 날씨는 아니야. 음, 가게 창문을 다 개방하지. 그러면 밖에서도 지유를 충분히 볼 수 있어. 남은 테이블도 마침 넉넉하게 있어. 골목에 가져다 놓으면 될 거야."

"그래도 되겠습니까?"

박석준 피디가 물었다.

"어차피 아무도 찾지 않는 뉴욕 뒷골목이야. 테이블 좀 깔았다고 뭐라고 하면 빡빡해서 이 도시에서 어떻게 살아가겠나?"

"그렇죠. 그럼 현우, 석훈, 테이블 깝시다."

후안이 먼저 팔을 걷어붙였다.

현우도 고석훈과 함께 창고로 뛰어갔다. 그사이 블랙잭이 커다란 창문들을 활짝 열었다. 현우 일행이 테이블까지 들고 나오자 밖에서 송지유의 노래를 듣고 있던 사람들이 환호성을 보내왔다.

순식간에 뒷골목이 노천카페로 변신했다.

"밖이긴 하지만 지유 씨 노래를 듣는 데는 아무 문제 없을 거예요. 한국 관광객 여러분도 촬영에 협조해 주셔서 정말 감사합니다."

유선미가 영어와 한국어를 섞어 쓰며 고마움을 표시했다. 뉴욕 시민들을 위해서 한국 관광객은 단 한 명도 착석하지 않았다.

또 주문이 밀려들었다. 그리고 바로 지금, 송지유가 다시 무대로 올라갈 타이밍이었다.

"오빠, 가요."

"오케이. 가자."

현우가 송지유를 이끌고 무대로 향했다. 송지유의 노래를 기다리고 있던 손님들이 다시 환호를 보내왔다.

돌아서기 전, 현우가 물었다.

"진짜 궁금해서 그러는 건데, 이번 노래는 뭐야?"

"라 붐 알아요?"

"라 붐?"

라 붐이라면 1980년에 세계적으로 큰 흥행을 기록한 프랑스 영화이다. 당시 주연을 맡은 소피 마르소는 단번에 세계적인 스타로 떠올랐고, 피비 케이츠, 브룩 쉴즈와 함께 3 대 미녀 배우로 이름을 날렸다.

남자 배우 알렉산드르 스털링이 파티에서 소피 마르소에게 헤드폰을 끼워주는 장면은 아직까지도 명장면으로 기억되고 있었다.

"Reality?"

"정답."

송지유가 생긋 웃었다. 리얼리티는 영화 라 붐의 주제곡이다. 소피 마르소가 낀 헤드폰에서 흘러나온 곡이 바로 리얼리티라는 노래였다.

송지유가 의자에 앉았다. 뉴 소울과 노천카페에 자리를 잡은 손님들이 일제히 송지유를 주목했다.

"이번 곡은 영화 라 붐에서 나온 노래예요. 소피 마르소 아시죠? 이렇게 헤드폰을 끼면 노래가 나오잖아요."

어디서 준비했는지 송지유가 헤드폰을 꼈다. 곳곳에서 뜨거운 호응이 나왔다.

그리고 누구나 한 번쯤은 들어봤을 법한 곡의 도입부가 뉴소울 안에 울려 퍼졌다.

*          *          *

새벽 2시가 넘은 야심한 시각. 현우와 송지유는 나란히 뉴욕 주택가를 걷고 있었다. 다행히 오늘은 비가 내리지 않았다. 새벽 공기도 선선했다.

"오늘 송지유 최고의 무대였다. 사람들 표정을 봤어. 다들 각자의 추억에 젖어 행복한 시간을 보내더라고. 송지유가 부럽다. 노래로 많은 사람들을 행복하게 만들 수 있잖아."

또각또각.

송지유의 부츠 소리가 서서히 잦아들었다. 현우가 고개를 돌렸다. 송지유가 가만히 서 있었다.

"오빠가 없었더라면 뉴욕 재즈 바에서 노래할 일도 없었겠죠."

"오호, 진심이야? 요즘 송지유 많이 착해졌다? 예전 같았으면 '당연하죠'라고 말했을 텐데."

"내가 언제 그랬어요? 잘난 척하는 성격은 아니거든요."

"농담이지. 근데 지유야, 할 말이 있어."

송지유가 갑자기 숨을 들이켰다.

"할, 할 말이 뭔데요?"

"그게 내가 많은 생각 끝에 결론을 내린 거야. 네가 내 말을 어떻게 받아들일지는 모르겠지만 괜히 떨린다."

송지유가 커다란 눈을 동그랗게 뜬 채 얼어 있다.

"음, 내가 이런 말을 해도 괜찮을지 모르겠다."

"괘, 괜찮으니까 해봐요. 나는 준비됐어요. 아니, 된 것 같아… 아뇨. 잘 모르겠어요."

"후우."

현우가 한숨을 내쉬며 송지유의 앞으로 섰다.

"사실은 말이야."

"네."

"그게 말이야."

"네."

"하아, 미치겠네."

"……."

"사실은 내가 잠깐 한국에 다녀와야 할 것 같아. 유희랑 김세희라는 여배우가 트러블이 조금 생긴 것 같아. 아무래도 내가 가서 교통정리를 하고 와야 할 것 같은데……."

"난 또 뭐라고. 정말 똥 멍청이 씨."

"이거 봐. 화내잖아."

송지유가 고개를 저었다.

"화 안 났어요. 전혀."

"똥 멍청이라며?"

현우가 머리를 긁적였다. 분명 화가 난 것 같은데 또 어떻게 보면 아무렇지도 않아 보였다.

"하잉이 저번에 그랬다면서요?"

"그게 여기까지 소문이 났나?"

"나도 하잉처럼 한마디만 할게요. 김현우 귀여운 자식."

그렇게 말하고 송지유가 입을 가리고 웃었다. 현우도 송지유를 따라 웃었다.

"화 풀렸네?"

"애초에 화가 안 났으니까요. 내 걱정은 하지 말고 한국 가요. 유희 언니 괴롭히는 그 김세희인가 뭔가 제대로 손봐줘요. 알았죠?"

"응, 그래야지."

"이 말 꺼내기가 그렇게 어려웠어요?"

"뭐, 그렇지. 너도 내가 옆에 있는 게 편하듯이 나도 내가 네 옆에 있는 게 마음이 편해. 첫정이라서 그런 건지는 몰라도."

"그것만 알면 됐어요. 뉴욕 올 것 없어요."

"정말?"

"한국 갔다가 뉴욕을 또 오려고 했어요? 그럴 필요 없어요. 우리 회사에 나 혼자 있는 것도 아니고 챙겨줄 사람도, 할 일도 많잖아요."

현우는 살짝 감동을 받았다.

"송지유, 이제 다 컸네."

"대신 입국할 때 공항에 꼭 나와요."

"당연하지!"

"그럼 우리 커피 마시고 가요."

"이 시간에? 너 피곤하지 않아?"

"오빠 한국 가면 그 날부터 늦잠 잘 계획이에요. 잠은 잘 못 이루겠지만."

## 2장
### 이 구역의 진정한
### 미친년은 누구인가 I

　압구정 번화가에서 '신(新) 콩쥐팥쥐전' 촬영이 시작되고 있었다. 김철용이 초록색 밴 봉희의 문을 열었다. 서유희가 선글라스를 낀 채로 밴에서 내렸다.

　청담동 뷰티숍 몽마르트를 다녀온 서유희는 부잣집 딸로 변신해 있었다. 초미니 블랙 원피스에 킬 힐을 신은 서유희가 명품 백을 어깨에 멘 채로 촬영장을 향해 걸어왔다. 늘씬한 몸매에 촬영을 준비하고 있던 B팀 스태프들의 시선이 모아졌다.

　촬영장에 당도한 서유희가 팔짱을 꼈다. 그리고 살짝 선글라스를 내렸다. 한없이 오만한 표정으로 B팀 스태프들을 향해 입을 열었다.

"여배우 처음 봐? 뭘 그렇게 빤히 쳐다봐, 부담스럽게? 그냥 일들 해."

서유희로부터 범접할 수 없는 악녀 특유의 기품이 느껴졌다.

"예, 유희 씨. 기분 나쁘셨죠? 죄송합니다. 인마, 그러니까 뭘 그렇게 빤히 봐? 막내 주제에 미쳤냐, 너?"

"예쁘시니까 그랬죠."

스태프들이 서유희의 눈치를 보았다. 서유희가 피식 웃었다.

"지겨워. 예쁜 건 알아가지고."

"유희 님, 담요 한 장 가져다 드릴까요?"

"저 싸구려 담요? 방금 말실수한 거 알지?"

"죄, 죄송합니다."

서유희가 냉기를 뿜어냈다. 스태프들이 쩔쩔맸다. 그때 김 철용이 다가왔다.

"철용아."

"네, 누님."

"저것들, 혼 좀 내줘봐. 나만 빼고 라면 먹은 것 같아."

"라면 드셨습니까?"

"예, 아침 겸 점심으로 먹긴 먹었죠."

"나 라면 안 먹으면 촬영 못 하는 거 몰라?"

몇몇 스태프가 결국 픽 웃음을 터뜨렸다. 서유희도 선글라스를 벗고 활짝 웃었다.

"아, 웃으면 어떻게 해요? 감정 몰입 잘되고 있었는데."

"그러니까 라면 이야기는 왜 꺼내요? 몰입을 깬 건 유희 씨야."

카메라 감독이 서유희를 타박했다. 서유희가 배를 어루만지며 입을 열었다.

"라면 먹고 싶어서 그랬어요. 라면 남은 거 있어요? 촬영 전에 조금 먹어도 될까요?"

"유희 님, 체중 관리 따로 안 하세요?"

막내 스태프가 물었다.

"안 해요. 요즘은 오히려 살이 빠지는 것 같아요."

막내 스태프가 머리를 긁적였다. 그리고 안타까운 얼굴을 했다.

"당연히 빠지죠. 매번 촬영 때마다 악을 써가면서 악녀 연기를 하시니까요. 기다려 보세요. 컵라면이라도 가져올게요."

"기, 김치는요?"

"당연히 라면에는 김치죠. 얼른 갔다 올게요, 유희 님"

촬영이 계속되면서 서유희는 B팀 스태프들과 격의 없이 친분을 나누고 있었다. 근래에는 현장에서도 연민정 놀이를 하고 있었다. 서유희가 연민정처럼 독한 말을 쏟아낼 때마다 스태프들은 행복해했다. 남들이 본다면 조금 이상하게 생각할 수도 있지만 빡빡한 드라마 촬영 스케줄 가운데 서유희라는 존재는 큰 활력소가 되고 있었다.

그래서 그런지 B팀 인원 대부분이 서유희 쪽으로 항상 몰려 있었다. 또 대부분의 스태프들이 서유희를 유희 님이라 부르며 따르고 있었다.

"서유희 쟤, 재수 없지 않아요, 팀장님?"

"뭐가요?"

"아니, 방금 못 봤어요?"

"봤습니다, 세희 씨."

정수용 팀장은 얼굴을 찌푸린 채 김세희를 귀찮아하고 있었다. 촬영장에서 무슨 사고를 칠지 몰라 마이더스 측에서는 며칠 전부터 아예 김세희를 주시하고 있었다.

"봤는데도 반응이 이래요? 보세요. 남자 스태프들한테 살랑살랑 꼬리나 치고 지금 저 따돌리고 있잖아요. 옷도 저게 뭐야? 천박하게, 진짜. 팀장님, 나 뷰티숍 다녀올래요. 옷이 마음에 안 들어요."

"후우……."

정수용 팀장은 길게 한숨을 내쉬고 말았다. 서유희는 살랑

살랑 꼬리를 치는 게 아니라 스태프들과 친한 것뿐이고, 오늘 입은 의상은 의상팀에서 연민정 캐릭터를 위해 엄선해 준 것이다. 그리고 고하정은 캐릭터 특성상 평범하고 수수한 옷차림을 해야 했다.

그러니까 그냥 트집이었다. 결국 참다못한 정수용 팀장이 입을 열었다.

"촬영이 코앞입니다, 세희 씨. 연기에 집중해요. 회사에서도 세희 씨한테 바라는 건 이번 작품을 통해 다시 재기하는 것뿐입니다. 그럼 재계약 문제도 자연스럽게 해결될 겁니다. 왜 애꿎은 후배 배우한테 그러는 겁니까?"

"내, 내가 뭘요? 팀장님이 여배우 세계에 대해서 뭘 알아요? 서유희 쟤, 불여우라니까요? 지금 일부러 착한 척하면서 스태프들까지 자기 편 만들어서 나 따돌리고 있잖아요."

"세희 씨, 입 조심해요! 저번 드라마 끝나고 왜 반년 넘게 세희 씨한테만 대본이 안 들어온 줄 알아요? 촬영장에서 상대 배우가 되었든 여배우가 되었든 이런 식으로 꼭 분란을 만드니까 그런 거 아닙니까? 제발 부탁이니까 이제 정신 좀 차립시다! 세희 씨 지금처럼 굴다간 이 바닥에서 묻히는 건 시간문제입니다! 알겠어요?"

정수용 팀장이 견디다 못해 화를 냈다.

로드인 박 매니저가 둘 사이에서 쩔쩔매며 어쩔 줄을 몰라

하고 있다.

일반인은 연예인의 본모습을 모른다. 일반인이 상상할 수도 없을 만큼 연예인 중에는 또라이가 많았다. SNS을 하며 연예인들이 사고를 많이 치는 이유도 그만큼 남다르기 때문이다. 김세희처럼 어릴 적부터 주변 사람들로부터 떠받들리며 승승장구해 온 연예인은 더욱 심했다.

"빌어먹을. 이건 뭐 애도 아니고."

혼잣말이었지만 김세희가 또 그걸 듣고 말았다. 김세희가 주르륵 눈물을 흘리기 시작했다.

"지금 저한테 욕했죠? 그렇죠?"

"아, 아니, 그게 아니라… 세희 씨! 하, 진짜 미치겠네. 세희 씨 밴으로 데려가! 빨리!"

"네!"

박 매니저가 김세희를 뒤쪽 밴으로 데리고 가려 했다. 하지만 김세희가 박 매니저의 손길을 뿌리쳤다.

"놔! 내가 왜 들어가야 하는데? 내가 뭘 잘못했는데?"

그리고 그때 절묘한 타이밍으로 서유희와 김철용이 나타났다. 정수용 팀장이 이마를 짚었다.

"너 뭐야? 구경 왔어, 지금?"

"네, 네? 선배님, 그게 아니라……."

서유희는 김세희에게 컵라면을 주려고 찾아온 것뿐이다. 김철용이 황급히 컵라면을 받아 정수용 팀장에게 건넸다.

"실례했습니다. 그럼 저희는 가보겠습니다. 누님, 가시죠."

"으, 응."

"야!"

등을 돌리려는데 김세희가 뾰족하게 소리를 질렀다.

"철용 씨, 유희 씨 데리고 밴에 가 있어요. 우리가 해결합니다."

정수용 팀장이 중재하려 했다. 그런데 김세희가 간이 의자에서 일어나 서유희에게로 다가갔다.

"너 일부러 내 꼴 보려고 온 거지?"

"아, 아니에요, 선배님. 죄송합니다. 진짜 모르고 왔어요."

"작가 선생님도, 제작진도 너 예뻐한다고 아주 기고만장하지?"

"……."

"왜? 화나? 그럼 잘난 김현우 대표님한테 가서 일러봐, 어디!"

"세희 씨!"

정수용 팀장이 결국 김세희의 앞을 가로막았다. 어울림 엔터테인먼트의 김현우 대표까지 거론했다. 자칫하다간 일이 커질 수 있었다.

"너, 잘 들어. 천만 배우? 웃기시네. 소속사 대표한테 꼬리나 치면서 여기까지 온 주제에. 너 같은 애들이 이 바닥에서 얼마나 가는지 난 훤히 알거든?"

김세희가 비아냥거렸다. 그때 가만히 고개를 숙이고 있던 서유희가 고개를 들었다.

"말 다 하셨어요? 저를 욕하고 괴롭히시는 건 상관없어요. 하지만 저희 대표님은 그런 사람 아니에요. 사과하세요."

착하고 순하던 서유희가 김세희를 똑바로 쳐다보고 말했다. 촬영을 준비하고 있던 B팀 제작진이 갑작스러운 소란에 우르르 몰려들었다.

김세희가 보란 듯이 코웃음을 쳤다.

"이거 봐. 내 말이 맞죠? 역성드는 거 봐. 안 그래요?"

하지만 오히려 제작진은 화가 난 얼굴로 김세희를 쳐다보고 있었다.

"선배님, 우리 대표님 그런 분 아니에요. 사과하세요."

서유희는 단호했다. 그리고 제작진도 서유희 쪽에 서서 대놓고 서유희의 편을 들고 있었다.

김세희는 혼자였다.

"이제 그만합시다."

일촉즉발의 순간, 스태프들을 뚫고 현우가 나타났다. 마이더스 정수용 팀장과 박 매니저는 가슴이 철렁했다. 미국 출장 중이라던 김현우 대표가 별안간 촬영장에 나타났다. 최악의 상황이었다.

"대, 대표님, 여긴 어떻게… 아, 오해입니다. 세희 씨가 요즘 좀……."

정수용 팀장이 급히 해명했다. 현우가 고개를 끄덕거렸다.

"알고 있습니다. 손 실장이랑 김철용 매니저한테 대충 상황을 들었습니다."

그렇게 말하고 현우가 서유희를 살폈다. 눈물이 흘러 마스카라가 다 번져 있었다.

"몽마르트 원장님이 보시면 난리 나겠는데?"

"대표님, 죄송해요. 제가 참았어야 하는데… 못 참았어요."

"아니, 잘했어요. 참으면 병 됩니다. 그런데 누가 보면 머리채라도 잡힌 줄 알겠는데요?"

"네?"

서유희가 눈을 동그랗게 떴다. 현우가 픽 웃었다. 농담을 하면 늘 진담으로 받아들이는 서유희였다.

"대, 대표님! 대표님!"

최태우 피디가 황급히 뛰어왔다. 촬영을 위해 근처 상인들에게 협조를 구하고 오는 참이다. 뒤늦게 상황을 파악하고 온 최태우 피디의 얼굴이 귀까지 붉어져 있었다. 연출이 되어서 현장 상황도 제대로 통제하지 못한 꼴이다. 하지만 현우는 최태우 피디를 탓할 생각이 없었다.

요즘은 거의 모든 드라마가 외주 제작으로 만들어지고 있었다. 방송사에서 직접 제작하고 연출하는 케이스가 줄어들고 있었다. 그렇다는 것은 방송국 피디가 가지고 있는 힘이 예전만 못하다는 말이 된다. 더군다나 최태우 피디는 경력도 그리 오래되지 않았다. 그에 반해 김세희는 탑 여배우 중의 한 명이다.

"대표님, 죄송합니다. 제 불찰입니다."

"아닙니다. 최 피디님도 그간 고생 많이 하신 것 잘 알고 있습니다. 유희는 저희 어울림 소속 배우입니다. 저 역시 무심했습니다."

최태우 피디가 고개를 제대로 들지 못했다.

현우의 시선이 김세희에게로 향했다. 갑작스러운 현우의 등장에 김세희도 상당히 놀란 상태였다. 거기다 생각도 하지 않고 말을 내뱉었으니 감히 현우와 눈을 똑바로 마주칠 수가 없었다.

"김세희 씨."

"네, 네?"

"이 세상이 김세희 씨 중심으로 돌아간다고 생각하고 있는 겁니까?"

냉정한 말이 촬영장을 얼어붙게 만들었다.

"여기 있는 그 누구도 세상의 중심이 될 수는 없습니다. 관심 받기를 원하면서 왜 아무 죄 없는 사람들을 괴롭히는 겁니까? 그렇게까지 해서 관심을 받으면 김세희 씨한테는 뭐가 남습니까?"

"……."

현우는 사실 하고 싶은 말이 아주 많았다. 착하고 착한 서유희를 선배랍시고 괴롭힌 것, 안하무인으로 행동해 중요한 촬영을 망친 것 등. 해줄 말은 얼마든지 있었다. 하지만 현우는 얼마 전 손태명을 통해 깨달았다. 지금의 자신은 영세 기획사이던 어울림의 대표가 아니라는 것을.

요즘은 어울림 엔터테인먼트를 포함해 4대 기획사라는 말도 나오고 있었다. 5년 내로 국내 굴지의 연예 기획사가 될 것이라는 전망도 나왔다.

즉 자신의 한마디 한마디가 꽤나 큰 파급력을 가지게 된 것이다. 그리고 이곳에는 수많은 사람이 모여 있다. 현우는 최대한 화를 삭이려 애썼다. 그리고 말을 이어갔다.

"서유희 씨한테 하는 이야기 다 들었습니다. 김세희 씨가 한 말, 명예훼손으로 충분한 발언입니다."

"대, 대표님!"

정수용 팀장의 얼굴이 어두워졌다. 어울림 엔터테인먼트와 김현우 대표가 어떤 사람인가? 몇 달 전에 있던 엘시와 S&H 간의 계약 분쟁 사태 때 S&H를 찍어 누른 사나이였다.

대중들은 장난과 애정 삼아 김태식, 김태식이라고 하고 있지만 연예계에서는 단호하고 내뱉은 말은 무조건 지키는 젊은 대표로 인식되어 있었다. 실제로 지금까지 수많은 논란을 정면 돌파해 온 전적도 있었다. 만약 어울림과 김현우 대표가 이번 일을 계기로 대응한다면 마이더스 측도 상당히 입장이 곤란했다.

"대표님, 저희 마이더스는 이번 일과 관련이 없습니다. 그것 한은 알아주시면 좋겠습니다."

정수용 팀장이 황급히 말을 꺼냈다.

그리고 김세희는 마이더스가 자신의 방패막이가 되어주지 않을 것이라는 사실을 뒤늦게 깨달았다. 또 눈물이 흘렀다.

"죄, 죄송합니다. 제가 요즘 스트레스를 너무 많이 받아서 예민했습니다. 죄송합니다."

김세희가 결국 꼬리를 내렸다.

정수용 팀장과 박 매니저가 허탈한 얼굴을 했다. 그렇게 촬영 내내 촬영장 분위기를 망치고 연출 피디까지 무시해 가며 서유희를 괴롭히더니 어울림 엔터테인먼트의 김현우 대표가 나타나자 곧바로 사과하고 있다.

한편, B팀 스태프나 카메라 감독, 조명 감독 등 제작진은 그 누구랄 것 없이 지금의 상황을 통쾌해하고 있었다. 그리고 현우가 김세희를 더 혼내주기를 간절히 바랐다.

"김세희 씨, 알겠습니다. 이제라도 잘못을 알았으니 이쯤에서 그만하겠습니다. 하지만 만약 지금 같은 상황이 계속해서 벌어진다면 그때는 참지 않겠습니다."

싸늘하던 현우가 누그러들었다. 하지만 다들 아쉬워하는 눈치였다.

"최 피디님이랑 제작진 여러분께도 사과하는 게 좋을 것 같습니다."

"네……."

김세희가 고분고분해졌다. 그리고 최태우 피디와 제작진에게 고개를 숙여가며 사과했다. 현우가 박수를 쳤다.

"느닷없이 나타나서 정말 죄송합니다. 그간 촬영하느라 고생들 많으셨습니다. 보니까 라면만 조금 드신 것 같은데 제가 오늘은 출장 뷔페를 불러왔습니다."

"오오!"

어색하던 촬영장 분위기가 단번에 환기되었다. 현우가 씩 웃었다.

"돈 좀 써봤습니다. 우리 유희 예쁘게 봐달라고 말이죠."

"유희 님이야 늘 예쁘시죠!"

때마침 출장 뷔페 업체 차량이 촬영장으로 들어섰다. 현우는 뷔페 차량에서 커다란 음료수 박스를 직접 꺼내었다.

"자, 뇌물도 좀 드시죠."

음료수마다 뇌물이라고 프린팅된 스티커가 붙어 있었다.

"하하! 진짜 뇌물인데요, 대표님?"

최태우 피디도 크게 웃었다.

"저희가 하겠습니다, 대표님! 주시죠!"

스태프들이 음료수 박스와 간식 박스를 내리기 시작했다. 한쪽에선 출장 뷔페 업체 요리사들이 분주히 요리를 시작했다.

상황이 어느 정도 진정된 것 같았다. 현우는 서유희를 쳐다보았다. 언제 울었냐는 듯 뷔페 음식을 뚫어져라 쳐다보고 있었다.

"유희야."

"오빠."

서유희가 현우를 쳐다보며 또 눈물을 글썽였다. 미안하기도 하고 또 고맙기도 했다. 여러모로 감정이 복잡했다.

"눈 화장 번지니까 꼭 흡혈귀 같다. 나중에 흡혈귀 영화나 찍을래?"

"네. 저 할래요."

현우의 농담에 서유희가 살짝 웃었다.

"그래, 그동안 촬영하느라 고생 많았어. 왜 나한테 연락 안 한 거야? 철용이한테도 끝까지 말하지 말라고 했다며? 너 철용이가 진짜 네 말대로 했으면 드라마 끝날 때까지 참을 생각이었던 거야?"

"네."

"하, 이런 호구가 있나. 솔이도 너처럼 그렇게 바보같이 착하지는 않아. 유희야, 뭐든지 적정선이라는 게 있는 거야. 무슨 말인지 알겠어?"

서유희가 고개를 끄덕였다.

"연민정처럼 해. 아니지. 그럼 큰일 날 거 같다. 화나면 내 멱살도 잡을 거 아냐?"

서유희는 그저 조용히 웃었다.

"형님, 죄송합니다. 제가 부족한 탓입니다."

음료수 박스를 나르고 온 김철용이 푹 고개를 숙였다. 현우가 김철용의 어깨를 잡았다.

"아니야, 철용아. 네 판단이 좋았어. 네가 최대한 참았으니까 내가 오늘 촬영장에서 하고 싶은 말을 다 할 수 있었어. 선불리 네가 들이받았으면 마이더스에서도 이렇게까지 꼬리를 내리지는 않았을 거다. 그리고 내 생각 해서 태명이한테만 말했다며? 고맙다, 김철용. 네 덕분에 미국에서 일 잘하고 왔다."

"…형님!"

김철용의 눈가가 붉어졌다. 혼이 날 줄 알았는데 오히려 칭찬을 들었다. 현우가 씩 웃었다.

"오늘 유희 촬영 끝나면 형이랑 삼겹살에 소주나 마시자. 미국에서 그 무슨 가정식 이런 것만 먹었더니 미치겠다. 김치랑 삼겹살이 간절해."

"형님, 그럼 영진 형님이랑 태명 형님도 다 부를까요?"

"콜. 좋지."

"오빠, 저도 갈래요."

"내일 촬영 없어?"

"네! 누님 내일은 촬영 오프십니다!"

"오케이. 은정이도 부르고 아예 이참에 회식이나 하자."

"네, 형님!"

그사이 정수용 팀장과 박 매니저가 다가왔다.

특히 박 매니저는 김철용을 부러운 듯 쳐다보고 있었다. 월 급도 자신의 세 배나 받고 있고 오늘로 두 번째지만 김현우 대표는 확실히 남자가 봤을 때도 매력이 있었다.

'나도 형님이라고 부르고 싶다.'

입이 근질근질했다.

"철용이한테 이야기 많이 들었습니다. 지훈 씨가 중간에서 고생 많으셨다고요."

현우가 마침 박지훈 매니저에게 말을 걸었다. 박지훈은 얼른 현우가 내밀고 있는 손을 잡았다.

"아닙니다. 제가 중간에서 더 잘했어야 하는데 죄송합니다."

"죄송할 게 뭐가 있습니까? 그나저나 매니저 일 힘들죠?"

"예."

괜히 울컥했다. 어울림 소속 연예인들은 인성이 좋다는 말들이 있었지만 마이더스에 소속된 배우들은 정말이지 비위를 맞추기가 어려웠다.

"힘들 겁니다. 하지만 확실한 목표가 있으면 힘들어도 참을 수 있을 겁니다."

"감사합니다."

"정 팀장님, 김세희 씨랑 따로 이야기를 좀 하고 싶습니다. 괜찮으시겠습니까?"

정수용 팀장이 흠칫했다. 상황이 종료된 줄 알았는데 그게 또 아닌 모양이다. 그래도 큰 걱정은 되지 않았다. 갑질을 하려거나 깽판을 치려고 마음먹었으면 제작진이 보는 앞에서 그랬을 것이라는 판단이 들었다.

"물론입니다."

"양해해 주셔서 감사합니다. 그럼 잠깐 다녀올 테니까 철용이랑 유희는 제작진분들 좀 챙겨줘. 지훈 씨도 든든히 먹어요."

현우는 정수용 팀장을 따라 걸음을 옮겼다.

하얀색 밴이 촬영장에서 조금 떨어진 주차장으로 옮겨져 있었다.

정수용 팀장이 밴의 문을 두들겼다.

"누구세요?"

"접니다, 세희 씨."

"왜요? 저한테 관심 없으시잖아요? 저 마음 추스르고 갈 테니까 가세요."

김세희의 목소리가 촉촉했다. 정수용 팀장은 한숨을 내쉬었다.

"흐음, 저는 세희 씨한테 볼일 없습니다. 다만 김현우 대표님께서 세희 씨랑 잠깐 이야기를 나누고 싶어 하십니다."

"…네, 네? 김현우 대표님이요?"

밴 안에서 들려오는 목소리가 심하게 흔들리고 있었다. 현우가 조용히 입을 열었다.

"김세희 씨랑 이야기를 하고 싶습니다. 김세희 씨가 원하지 않으면 가보겠습니다."

잠시 대답이 없었다. 그러더니 드르륵 문이 열렸다. 김세희가 보였다. 얼마나 울었는지 눈이 퉁퉁 부어 있었다.

"들어오세요. 그리고 정 팀장님은 가세요."

"알겠습니다. 그럼."

정수용 팀장은 뒤도 돌아보지 않고 촬영장으로 향했다. 결국 현우만 홀로 밴 안으로 들어갔다. 현우는 빠르게 내부를 살폈다. 곳곳에 눈물 젖은 휴지가 내팽개쳐져 있었다.

그리고 엄청나게 어색했다.

'괜히 또 오지랖을 부려가지고. 하아!'

밴으로 들어온 지 1분도 안 돼서 후회했다. 그때 훌쩍이던 김세희가 현우를 슥 쳐다보았다.

"죄송합니다. 근데… 할 말 더 있으세요?"

"그, 저도 좀 심했습니다. 사실 오늘 따로 김세희 씨를 만나서 할 이야기였는데 저도 자제를 못 했습니다. 음, 김세희 씨."

"네. 왜요?"

"주제넘을 수도 있겠지만 기왕 이야기를 꺼낸 마당이니 몇 마디만 더 하겠습니다."

"그러세요."

"김세희 씨 상황, 대충은 들어서 알고 있습니다. 인기도 예전만 못하고 연기력 논란에 마음고생이 심할 겁니다."

훌쩍이던 김세희가 휴지를 내려놓았다.

"그런데 지금 이 모든 상황은 김세희 씨가 자초한 겁니다."

"내가요? 내가 무슨 잘못을 했는데요? 알아요. 나 싸가지 없고 성격파탄자예요. 하지만 연기는 정말로 좋아해요. 연기는 자신 있어요!"

"아뇨. 김세희 씨 연기력은 처참합니다. 데뷔 때나 지금이나 달라진 게 없지 않습니까?"

"연기 연습은 충분히 하고 있어요."

"양이 중요한 건 아닙니다. 연기라는 게 단순히 연습만 한다고 해서 되는 것도 아니죠."

현우가 정곡을 찔렀다. 연습만 한다고 해서 연기를 잘하면 연기를 못하는 배우는 존재하지 않을 것이다. 현우는 서유희를 떠올렸다. 서유희는 연기라는 것을 사랑했다. '그그흔'에서도 그랬고 이번 드라마에서도 연민정 역할에 푹 빠져 살고 있었다.

"김세희 씨는 연기보다 인기가 더 중요한 사람 아닙니까? 제가 보기에 김세희 씨는 배우가 아닙니다. 그저 인기를 위해 배우, 연기라는 수단을 이용하고 있는 것이죠."

현우가 또 한 번 정곡을 찔렀다. 김세희의 눈동자가 흔들렸다. 이렇게까지 직설적으로 말을 해주는 사람은 현우가 처음이었다.

"캐서린 햅번이라고 압니까?"

"…몰라요."

김세희가 고개를 저었다.

캐서린 햅번. 1934년 '아침의 영광'이라는 영화를 통해 첫 아카데미 여우주연상을 수상했고, 이후 11번이나 더 아카데미상에 이름을 올린 여배우이다. 젊은 시절 불친절하고 이기적인 행동 때문에 한 차례 큰 시련을 맞이한 적이 있었다. 팬들도 영화계도 그녀에게 등을 돌렸다.

하지만 나이가 들어가면서 성숙한 지성과 여배우로 거듭났고, 제2의 전성기를 맞이할 수 있었다. 훗날 그녀는 지성파 여배우의 시초로까지 불리게 된다.

"시간 날 때 캐서린 햅번 자서전을 구해서 읽어봐요. 김세희 씨한테 도움 많이 될 겁니다. 뭐 읽어도 본인이 깨닫지 못한다면 소용없겠지만. 그럼 가보겠습니다. 오늘 일은 오늘 이후로 깔끔하게 잊기로 하고 앞으로 오늘 같은 불미스러운 일은 없도록 합시다. 알았죠?"

"네, 알겠어요."

"그럼 마음 정리되면 나와요."

현우가 문을 열고 밴에서 내렸다. 그리고 문을 닫으려는데 김세희가 살짝 고개를 내밀었다.

"더 할 말 있습니까?"

"사실 저한테 이런 말을 해준 사람은 대표님이 처음이에요."

현우는 대답하지 않았다.

"그 자서전 꼭 읽어볼게요."

"그래요."

현우는 촬영장 쪽으로 걸음을 옮겼다. 한참을 걷다 왠지 모를 시선이 느껴져 뒤를 돌아보았다. 김세희가 아직도 고개를 내밀고 있었다. 그리더니 현우를 향해 손을 흔들었다.

'뭐지?'

무언가 꺼림칙했다.

＊　　　　＊　　　　＊

어울림 엔터테인먼트 근처 단골 삼겹살 가게에서 현우의 귀국 기념 회식이 벌어지고 있었다. 미국에 체류 중인 송지유와 고석훈, 유선미, 그리고 휴가를 떠난 i2i 멤버들, 마지막으로 강원도에서 휴식을 취하고 있는 엘시를 제외한 모든 어울림 식구들이 모처럼 다 모여 있었다.

오늘 이야기의 핵심 주제는 단연 아까 전 촬영장에서 있던 일이었다.

"그러니까 오빠가 확 나타나서 '이제 그만합시다' 하며 분위기 잡고 김세희 걔를 박살 냈다는 거죠? 아~ 완전 고소미."

"응. 현우 오빠 완전 멋있었어."

"그러니까 왜 나댔대요? 아~ 나도 같이 갈 걸 아쉽다."

서유희로부터 이야기를 전해 들은 김은정이 진심으로 아쉬워하고 있었다. 현우는 그저 조용히 웃고만 있었다.

"뉴욕 재즈 바는 어땠어?"

오승석이 현우에게 물었다.

"몇 군데 들러보긴 했는데 확실히 음악에 재능이 있는 사람들이 많더라."

"그렇지? 뉴욕이라…… 나도 한 번 정도는 가봐야 하는데 말이야."

"시간 나면 다녀와. 보내줄 테니까."

"진짜야?"

"응. 그런데 승석아, 요즘 뭐 하느라 그렇게 바쁘냐?"

"작곡가가 뭐 하겠어. 곡 만들고 있지. 정호 형님이랑 같이 작업하는 곡도 몇 곡 있어. 설레발일 수도 있는데 역대급 곡이 나올 거야. 기대해라, 현우야."

"그래? 정말입니까, 정호 형님?"

현우가 김정호를 쳐다보며 물었다.

"열심히는 만들고 있습니다, 현우 씨."

김정호가 부드러운 미소와 함께 대답했다. 현우의 얼굴이 밝아졌다.

"힘드시겠지만 부탁드립니다, 정호 형님."

현장을 나가거나 회사 업무를 보는 건 아니지만 사실 김정호와 오승석이야말로 어울림의 핵심이라고 할 수 있었다. 송지유도, 그리고 i2i도 큰 인기를 끌 수 있던 배경에는 두 작곡가가 만든 곡들이 존재했다.

"영진아, 아이들 휴가 복귀가 내일이었나?"

삼겹살을 굽고 있던 최영진이 잠시 집게를 내려놓았다.

"네. 형님께서 며칠 더 휴가를 연장해 주셔서 푹 쉬다가 올 것 같습니다."

"그래? 그럼 다행이네."

"자, 그러면 신입 막내가 폭탄주를 제조해 보겠습니다!"

이혜은이 벌떡 자리에서 일어났다. 어느새 잔들이 비어 있었다.

"혜은 언니, 내가 도와줄게!"

김은정도 자리에서 일어났다. 이혜은과 김은정이 능숙하게 소주병을 돌렸다.

탁탁!

소주병 밑을 팔꿈치로 두드린 다음 뚜껑을 열었다. 그러다 소주병에 붙어 있는 송지유 스티커를 떼어내었다.

"자, 송지유가 없으니까 스티커로 대신하겠습니다! 송지유 스티커 누구한테 붙여줄까나? 오케이! 김현우 대표님!"

"나?"

현우가 말하는 사이 김은정이 소주병에 붙어 있던 스티커를 현우의 맥주잔 아래 붙였다. 그리고 소주를 조금 붓고 맥주잔 절반만큼 맥주를 따랐다.

"건배사는 우리 추향 선생님께서!"

김은정이 바람을 잡았다. 조용히 앉아 있던 추향이 잔을 들었다.

"우리 어울림 식구들 건강하고 바라는 일, 하는 일, 다 잘되기를 바랄게요."

"건배!"

어울림 식구들이 폭탄주를 원샷했다. 생긴 것과 다르게 연극배우 출신인 서유희도 술을 곧잘 마셨다.

가게 이모가 TV를 켰다. 그리고 센스 있게 연예계 소식 관련 프로그램을 틀어주었다.

[안녕하십니까? KBN 연예가 통신의 김병후 기자입니다. 가장 첫 번째 소식으로 영화 '그그혼'에 대해 전해 드리려고 합니다. 화면 보시죠. 자, 그그혼이 전국 누적 관객 987만 명을 기록하며 로맨스 영화 역사상 첫 천만 영화 고지를 눈앞에 두고 있습니다. 그그혼은 개봉된 지 많은 시간이 흘렀음에도 꾸준한 사랑을 받고 있는데요, 그그혼 열풍에 관해 문화 평론가 곽일산 선생님께서 평을 내놓으셨습니다.]

화면 속으로 저명한 문화 평론가 곽일산이 등장했다. 말끔한 캐주얼 정장 차림의 문화 평론가는 그그혼의 핵심 키워드로 '추억과 사랑' 두 가지를 꼽고 있었다.

[어떻게 보면 인간 역사에서 불변의 진리라 할 수 있는 것이 바로 사랑입니다. 100년 전에도, 그리고 지금으로부터 100년 후에도 사랑이란 진리는 불변할 것입니다. 추억도 마찬가지입

니다. 시대를 초월해 항상 추억은 모든 예술 분야에서 스테디셀러가 되어왔습니다. 영화 그그흔은 이 두 가지 키워드를 충실하고 여과 없이 보여주는 데 성공한 것입니다. 즉 관객들의 공감을 훌륭하게 이끌어낸 것이죠.]

설명은 계속해서 이어졌다. 어울림 식구들의 시선이 서유희에게로 모아졌다. 현우가 김은정에게 눈짓했다.

"은정아, 타라."

"또 내가 타요?"

"난 네가 타는 폭탄주가 제일 맛있더라."

"오케이!"

김은정이 얼른 폭탄주를 탔다. 현우가 잔을 높이 들었다.

"천만 배우 서유희를 위하여!"

"위하여!"

분위기가 무르익을 무렵 TV 속에서 그다지 달갑지 않은 소식이 들려왔다.

[여러분, 긴급 뉴스입니다. 오늘 아침 9시, S&H 엔터테인먼트에서 오늘 자정 밤 12시에 새로운 신인 가수에 대한 정보를 공개하겠다며 기습 홍보를 시작했습니다. 현재 S&H의 홈페이지 사이트가 마비될 정도로 대중들의 관심이 뜨겁다고 합니

다. 1세대 아이돌부터 시작해 지금까지 한국 가요계의 트렌드를 이끌어온 S&H에서 과연 어떤 신인을 내놓을지 연예계는 물론 대중들의 관심이 쏟아지고 있습니다. S&H에서는⋯⋯.]

툭.

가게 이모가 TV를 껐다.

"에구, 내가 주책을 떨었네. S&H 저기 나쁜 곳 아녀?"

"이모, 괜찮습니다. 나쁜 곳 아닙니다."

"아녀. 내가 싫어. 현우 네가 데리고 온 노란 머리 아가씨를 그렇게 괴롭혔다며?"

"맞아요, 이모! 저기 나쁜 곳이에요! 악의 소굴 정도? 이혜미는 뭐 하려나? 갑자기 보고 싶네?"

김은정이 주먹을 불끈 쥐며 핑크플라워의 이혜미를 언급했다.

"그러고 보니 우리 어울림이랑은 악연이 많긴 하네. 그치?"

오승석이 현우와 손태명을 번갈아 보며 말했다.

"그런데 S&H에서 새로 데뷔시키는 애들이 궁금해. 걸 그룹일까, 아니면 보이 그룹? 현우야, 네 생각은?"

"뚜껑을 열어봐야 알지 않을까 싶다."

"음, 보이 그룹일 확률이 높아. 시기적으로 걸 그룹은 좀 위험해."

현우와 달리 손태명이 나름 분석을 내놓았다.

비록 활동을 쉬고 일본 진출을 앞두고 있지만 i2i는 국민 아이돌로 우뚝 서 있었다. 이런 상황에서 섣불리 걸 그룹을 데뷔시키기에는 리스크가 컸다. 자칫 i2i의 후발 주자 이미지가 생길 수도 있었다. 다른 기획사라면 몰라도 S&H라면 이러한 점을 신경 쓸 수밖에 없었다.

"음, 괜히 신경 쓰이네."

현우가 얼굴을 찌푸렸다.

예정된 데뷔라면 할 말이 없지만 왠지 어울림 엔터테인먼트를 의식하고 있다는 생각이 들었다. 시기적으로도 송지유와 i2i가 활동을 멈춘 상태였다. 이미 여러 기획사에서 기다렸다는 듯 소속 가수들을 출격시키긴 했지만 의심을 지울 수 없었다.

당연했다. S&H와는 악연 그 자체였다.

*       *       *

강원도의 자그마한 2층집. 한때는 창고였다가 방으로 용도가 바뀐 다락방으로 엘시가 나타났다.

드르륵.

때마침 핸드폰이 울렸다. 엘시는 발신자를 확인하고 전화를 받았다.

"응."

어딘지 모르게 엘시의 목소리가 가라앉아 있었다.

─다연 언니, 괜찮아요?

"아니, 안 괜찮아."

─오늘 12시에 앨범 공개된대.

"알고 있어."

─걔가 언니 솔로 앨범에 들어갈 곡들을 다 가져갔대. 크리스틴 언니가 기획팀에서 회의하는 거 몰래 들었다고 했어.

"괜찮아. 어차피 나랑은 상관없는 곳이야. S&H는."

─그래도 언니가 솔로 앨범 내려고 그동안 준비 많이 했잖아요. 좋은 곡 진짜 많았는데 아쉬워.

똑똑.

누군가 문을 두드렸다. 엘시가 잠시 핸드폰을 내렸다.

"누구세요?"

"수연이. 헤헤."

김정우의 딸 김수연이었다. 싸늘하던 엘시의 표정이 순식간에 변했다.

"유나야, 내가 연락할게."

─응, 알았어요.

전화를 끝내자마자 엘시는 문을 열어주었다. 귀여운 얼굴에 양 갈래 머리를 한 김수연이 엘시의 품으로 안겼다.

"수연아, 왜 안 자고 왔어?"

"자다가 깼어. 수연이, 언니랑 잘래."

"그럴까?"

엘시가 김수연의 손을 잡고 침대에 눕혔다. 그리고 침대에 누워 김수연의 머리를 쓰다듬어 주었다.

"언니가 있으니까 좋아. 행복해."

"언니도."

"진짜?"

"응. 진짜."

"나 졸려. 이제 잘래."

김수연이 스르르 눈을 감았다. 애정 어린 눈길로 김수연을 토닥이고 있던 엘시는 조심조심 침대에서 일어났다. 그리고 책상에 놓여 있는 노트북을 열었다.

시간은 밤 11시 57분. 다행히 늦지 않았다. 엘시는 차분히 S&H의 홈페이지로 들어갔다. 회사 홈페이지를 장식하고 있던 걸즈파워의 사진은 이미 없어진 지 오래였다.

'미안, 얘들아.'

걸즈파워 멤버들을 향한 죄책감이 밀려들었다.

12시 정각이 되자 홈페이지 화면이 바뀌었다. 기다란 금발에 화려한 무대 의상을 입은 한 명의 소녀가 S&H 홈페이지를 장식하고 있었다.

Xena.

"제나."

엘시는 홈페이지를 장식하고 있는 S&H 신인 가수의 이름을 곱씹었다. 엘시도 제나를 알고 있었다. S&H에서 심혈을 기울여 키우고 있는 연습생 중에서도 가장 많은 주목을 받고 있는 멤버가 바로 미국과 한국 혼혈인 제나였다. S&H에서는 제나에게 걸고 있는 기대가 남달랐다. 추후 S&H를 10년간 먹여 살릴 수 있는 재능이 있다며 이장호 회장도 칭찬을 아끼지 않았다.

엘시는 이어 인트로 영상을 클릭했다. 선배인 1세대 아이돌 그룹들의 활동 영상부터 시작해 서서히 걸즈파워의 활동 영상이 흘러나왔다. 그리고 엘시 본인의 모습이 나타났다. 짧은 금발의 엘시에게 그림자가 겹치더니 서서히 머리카락이 길어졌다. 그리고 제나가 등장했다.

순간 엘시는 주먹을 쥐었다. 자신을 이용하는 건 상관없었다. 하지만 그동안 S&H를 먹여 살린 걸즈파워의 다른 멤버들도 마치 제나를 위한 들러리인 양 연출되어 있었다.

그리고 제나의 싱글 데뷔곡 뮤직비디오가 흘러나왔다. 그에 맞춰 엘시의 눈동자가 서서히 커졌다.

기획팀과 수없이 많은 회의를 통해 준비한 앨범 콘셉트를 통째로 베껴놓았다. 엘시의 눈에 눈물이 고였다. 2년간의 노력을 S&H에서 고스란히 빼앗아 버렸다.

복고풍의 신스팝 댄스곡이 제나의 현란한 안무와 함께 펼쳐졌다. 안무조차도 엘시가 고안해 낸 것들을 고스란히 차용한 상태였다.

뮤직비디오가 끝나고 영상 속으로 제나가 등장했다.

[안녕하세요? 신인 가수 제나입니다! 어, 음, 음악방송도 아니고 회사 홈페이지를 통해 제가 소개되었네요. 아하하! 부끄럽네요. 제 소개를 해볼까요? 저는 올해 열일곱 살입니다. 보시다시피 혼혈이에요. 헤헤. 그렇지만 토종 한국인 맞습니다. 이번 앨범은 제가 연습생 생활을 하면서 열심히 준비한 거예요.]

"거짓말!"

엘시의 목소리는 단호했다. 곡을 제외하면 앨범 콘셉트와 안무 등 모든 것이 엘시 본인의 것이었다.

[정식 그룹 데뷔 전에 솔로 싱글 앨범으로 먼저 여러분을 뵙게 되어 정말 기뻐요! 아! 어떤 그룹이냐고요? 여러분이 기대하시던 걸즈파워 2기가 곧 선보일 예정입니다!]

엘시는 차갑게 얼굴을 굳혔다.

걸즈파워 2기. 걸즈파워가 예상 밖의 초대박을 치면서 졸업 시스템을 모토로 만들어진 초기의 기획안은 수정되었다. 그런데 갑자기 제나가 걸즈파워 2기를 언급하고 있었다. 엘시의 눈앞에 가장 친한 동생인 유나를 비롯해 다른 멤버들의 얼굴들이 스쳐 갔다. 이장호 회장이 남은 멤버들을 어떻게 대우할지 벌써부터 걱정되었다.

[제 목표는 엘시 선배님을 뛰어넘는 것입니다! 저 할 수 있겠죠? 아니, 할 거예요! 그래서 걸즈파워를 예전처럼 가요계의 정상에 올려놓겠습니다!]

노트북 화면 속 제나는 눈이 부실 정도로 예쁘고 귀여웠다. 하지만 엘시에겐 그저 야망과 욕심으로 가득 찬 어린아이로만 보였다. 그리고 그 모습은 꼭 이장호 회장을 닮아 있었다.

S&H에서 기습 데뷔를 시킨 Xena는 음원 발매 이틀 만에 차트 올킬을 기록했다. 역시 S&H라며 대중들의 찬사가 쏟아졌다.

그리고 S&H는 인터넷과 신문, 옥외광고, 영화관 등 활용할 수 있는 모든 매체를 동원해 제나를 홍보하기 시작했다. S&H 특유의 언론 플레이도 벌어졌다.

[엘시를 대체할 S&H의 차세대 아이돌 Xena!]

[Xena! 엘시도 기록 못 한 솔로 음원 차트 올킬 달성!]

[역대급 아이돌 탄생! Xena!]

[엘시는 잊어라! 이제는 Xena 시대!]

[걸즈파워 2기 센터는 Xena?]

[사람인가? 인형인가? Xena! 열풍 징조?]

엘시를 겨냥한 기사가 연이어 쏟아졌다. 제법 많은 대중이 이러한 S&H의 언론 플레이에 동조하고 있었다. 기사마다 치열하게 갑론을박이 벌어지고 있었다.

─엘시는 솔직히 퇴물임. 정신적으로도 문제 있고 성대도 나감.

─ㅋㅋ 엘시가 왜 퇴물인데? 그리고 지금 치료 중이고 성대 나간 것도 전부 S&H 탓 아님? 해외 공연이며 행사며 신나게 엘시 등골 빨아먹고 살더니. ㅉㅉ

─제나, 진짜 미친 듯이 예쁘다. 엘시를 싫어하지는 않는데 솔직히 제나가 더 나아.

─ㄴㄴ 엘시가 짱이지. 제나는 엘시 커리어 따라가려면 아직 멀었음. 엘시한테 비비려면 i2i부터 이기고 오라고. 뭐, 그러려면

11주 연속 1위 정도는 해야겠지?

—제나는 탈 아시아급 가수다. 고음이며 춤이며… 와, 진짜.

—엘시가 역대급 아이돌 칭호 내주는 건 시간문제겠네. ㅋㅋ

—엘시, 솔직히 인기 떨어지고 있긴 했음.

—증권가 찌라시 보니 엘시 거의 폐인 수준이라는데? 김현우 대표도 그거 알고 엘시에게 무기한 휴식 준 거라고 함. 전에 성대 결절 온 거에다가 발목도 안 좋아서 활동 못할 거라는 소문 돌고 있음.

—엘시, 사랑했다.

—걸즈파워, 아니, 이제 1기인가? 엘시 없으니 나머지 깍두기 들은 이제 어떻게 하냐? ㅋㅋㅋㅋㅋㅋㅋㅋ

—너들이 사람들이냐? 얼마 전만 해도 S&H랑 이장호 신나게 욕하고 김태식이니 뭐니 정의 구현이니 어쩌니 난리를 치더니 다 잊은 거냐? 아주 난리들 났네. 하여간 한국 사람들 냄비 근성은 알아줘야 해. 제나는 모르겠다만 S&H는 불공정 계약에다 엘시 를 노예처럼 부려먹은 곳인데 이러면 안 되는 거 아닌가?

—위에 분 말씀 한번 잘하네. ㄹㅇ 신기함. 이러니까 S&H에서 제나 데뷔시킨 듯. 어차피 좋아할 거 아니까. ㅋㅋ


돈가스 가게 테이블에 앉아 있는 엘시는 분한 얼굴을 하고 있었다. 대중들을 향한 분노가 아니었다. 이장호 회장과 S&H를 향한 분노였다.

주방에서 오픈 준비를 하던 김정우도 표정이 그리 좋지 못했다. 한참을 생각에 잠겨 있던 엘시가 김정우에게 걸어왔다.

"오빠."

"그래, 다연아."

아쉬웠다. 딸아이가 엘시를 찾을 것이 분명했다. 하지만 김정우는 이미 마음의 준비를 하고 있었다.

"오빠는 내가 무슨 말 할지 이미 알고 있죠?"

"다녀와. 기다리고 있을 테니까."

"수연이는……."

"그냥 가. 말없이 가는 게 수연이한테도 좋을 거야. 내가 말 잘 해놓을게."

"고마워요."

엘시가 등을 돌려 문 쪽으로 향했다. 문을 열기 전 엘시가 다시 몸을 돌렸다.

"오빠, 나 꼭 돌아올 거예요."

"알고 있어. 그러니까 다녀와라, 다연아."

"다녀올게요."

엘시가 굳은 표정으로 문을 나섰다.

"후우."

김정우가 길게 한숨을 내쉬었다. 집사람과 딸아이를 달랠 생각을 하니 벌써부터 걱정이 되었다. 그만큼 엘시는 이미 가족이나 마찬가지인 존재였다.

하지만 아이돌 엘시는 이런 시골보다는 무대 위에서 빛이 나야 할 아이였다.

*         *         *

"언론 플레이하는 건 우리 어울림도 배울 필요가 있어."

손태명이 사무실 책상에 걸터앉아 현우에게 말했다. 농담 삼아 던진 말이었지만 현우는 웃지 않았다. 차고 있던 시계까지 풀고 현우는 커뮤니티 반응을 보고 있었다.

심각했다. 대중의 마음은 갈대보다 더 쉽게 흔들린다는 속설이 있다. 여론이라는 것이 원래 하루아침에 변할 수도 있는 거라지만 기분이 그다지 좋지는 않았다.

엘시는 어느새 퇴물이 되어 있었고, 제나에게 뜨거운 관심이 모아지고 있었다.

"태명아, 다연 씨도 기사 봤겠지?"

"아마도?"

현우는 턱을 쓰다듬었다. 혹시 상처라도 받을까 엘시가 걱정되었다.

오승석이 제나의 데뷔곡인 'I Want You'를 재생시켰다. 세련

이 구역의 진정한 미친년은 누구인가 I  67

된 신스팝 계열의 스트링 사운드가 두꺼운 베이스를 기반으로 펼쳐졌다. 세련되고 기분을 업시키는 곡이었다. 그리고 곡 자체가 매우 훌륭했다. 물기를 머금은 것 같은 제나의 촉촉한 보이스와도 너무나 잘 어우러졌다.

"승석이 스타일을 고스란히 카피했어."

손태명이 말했다. 오승석이 히트시킨 '소녀는 무대 위에'와 오승석, 블루마운틴이 만들어낸 i2i의 데뷔곡 '소녀K 매직'과 스타일이 유사했다. 가요계에도 흐름이라는 것이 있다. 오승석과 블루마운틴은 가요계에 복고 열풍을 불러왔다.

"심지어 더블J 주니어가 곡을 만들었어."

오승석이 말했다. 더블J 주니어는 미국에서도 알아주는 프로듀서였다. S&H가 제나에게 거는 기대가 얼마나 큰지를 단적으로 보여주는 예였다.

"현우야, 어떻게 할 거야?"

"…생각 중이야."

현우는 고심했다. 엘시는 지금 정상적으로 연예계 활동을 할 수 있는 상태가 아니었다. 담당의로부터 상태가 많이 호전되었다는 연락을 받기는 했지만 엘시의 건강이 최우선이었다.

하지만 상황이 이상하게 흘러가고 있었다. 엘시를 향한 좋지 않은 여론이 조금씩 생겨나는 추세였다. S&H를 향한 비난 여론도 조금씩 수그러들고 있었다.

그리고 무엇보다 신경이 쓰이는 건 대중의 반응이었다. 대중의 관심은 어울림 엔터테인먼트가 과연 어떤 반응을 보이느냐에 쏠려 있었다.


─S&H가 기습 선전포고를 했는데 어울림은 뭐 함?

─송지유라도 앨범 내야 하는 거 아님?

─갓 지유 1집 활동 마무리한 지 얼마 안 됐음.

─솔직히 송지유는 언급하지 말자. 송지유는 천상계지.

─김태식 대표님, 참고 있을 겁니까? ㅋㅋ

─어울림은 역시 아직 S&H한테는 못 비비지. 솔직히.

─S&H가 괜히 S&H가 아니야. 노하우는 무시 못 해.

─마음만 먹으면 S&H가 어울림 먹을 수도 있음.

─응. 덤볐다가 찍소리도 못 하고 발렸죠?

─헛소리. ㅋㅋ 송지유랑 i2i가 이대로만 가면 어울림이 S&H를 먹겠지.


기사마다 이런 댓글이 수없이 달려 있었다. 엘시 대 제나에서 어울림 대 S&H로 상황이 흘러가고 있었다.

"태명아."

"왜? 결정 내렸어?"

"대충."

솔직히 S&H의 이러한 도발은 무시하면 그만이었다. 대중의 반응도 마음에 걸리기는 했지만 원래 대중의 마음은 갈대나 마찬가지였다. 연연할 필요 없다는 생각이 들었다.

"어떻게 하려고?"

"무시하자."

"그래?"

"지유도 미국 촬영 끝나면 휴식기를 줘야 해. i2i는 일본 진출이 코앞이야. 이런 상황에서 S&H 쪽의 유치한 도발에 넘어갈 생각은 추호도 없어."

현우의 결정에 손태명이 만족스러운 얼굴을 했다. 그때였다.

딸랑딸랑.

사무실 문이 열리고 엘시가 나타났다.

"하이~ 헬로~ 안녕하세요?"

엘시 혼자서만 배시시 웃고 있었다. 현우와 손태명, 오승석, 그리고 업무를 보고 있던 이혜은도 멍한 얼굴이었다.

"며칠 전에 저만 쏙 빼고 회식하셨다면서요? 아~ 진짜 치사하다. 나도 삼겹살 잘 먹을 줄 아는데."

어울림 3층 사무실에 침묵이 내려앉았다. 엘시가 후우 하고 길게 한숨을 내쉬었다. 그리고 흘러내린 머리카락을 뒤로 넘겼다.

"염색이 조금 빠진 것 같아서 다시 하려고 왔어요."

그 누구도 엘시의 말을 믿지 않았다. 모두가 빤히 엘시만 쳐다보고 있었다.

"대표님도 보고 싶고 어울림 식구들도 보고 싶어서 왔어요. 이건 진심이에요."

"다연 씨가 거기서 왜 나와요?"

현우가 엄한 얼굴로 물었다. 순간 배시시 웃고 있던 엘시의 표정이 싹 바뀌어 버렸다.

"어떤 미친년이 제 구역을 침범했거든요. 쫓아내려고 왔어요, 대표님."

엘시의 목소리에서 독기가 묻어나왔다. 눈매도 사나워져 있었다. 하지만 입은 웃고 있었다. 작은 체구에서 뿜어져 나오는 포스가 보통이 아니었다.

꿀꺽.

현우는 괜히 엘시가 무서워졌다.

\* \* \*

"대표님 차 오랜만에 타는 것 같아요. 그거 아세요? 대표님 옆 좌석에 앉으면 괜히 마음이 편해지는 것 같아요. S&H 밴 타고 다닐 때는 전기의자 같았거든요. 신기해."

"저도 신기합니다. 강원도에서 얌전히 요양하고 있을 사람이 지금 내 옆에 앉아 있지 않습니까?"

정곡을 찌르는 현우의 말에 엘시가 볼을 부풀렸다.

"저 이제 괜찮아요. 감정 기복도 적어졌고 밤에 잠도 잘 자요."

"상태가 좋아졌다고 박사님한테 정기적으로 이야기는 듣고 있었습니다."

"진짜예요? 저 감동받았어요. 세심하게 저를 지켜보고 계셨네요?"

"당연하죠."

마침 신호에 걸렸다. 현우는 기어를 중립으로 놓고 엘시를 쳐다보았다.

"앨범 꼭 내야겠어요?"

현우는 진지했다. 현우가 생각하기에 엘시는 아직 휴식이 더 필요했다.

"대표님."

엘시도 고개를 돌려 현우와 눈을 맞췄다.

"제나 그 아이 앨범은 원래 제 거였어요. 제가 생각한 콘셉트, 안무 다 그대로 가져갔어요. 화가 나지만 참을 수 있어요. 저를 향한 기사들도 참을 수 있어요. 하지만 우리 유나랑 멤버들, 또 대표님이랑 우리 어울림 식구들까지 건드리고 있잖

아요. 저 독한 사람이에요. 이것만큼은 참을 수 없어요, 대표
님."

"으음."

현우는 마른 입술을 축였다. 생각보다 엘시가 단단히 마음
을 먹은 것 같았다.

"이번만, 이번 한 번만 제 뜻대로 하게 해주세요. 부탁이에
요, 대표님."

엘시가 촉촉한 눈동자로 현우를 쳐다보고 있었다. 현우는
짧은 순간이나마 많은 것들을 고려했다. 결국 현우는 마음을
돌렸다.

"알겠습니다."

"꺄아!"

엘시가 옆 좌석에 앉아 어깨를 좌우로 흔들거리며 기뻐했
다. 현우는 피식 웃고 말았다. 우울증이 많이 호전되었다더니
이제는 텐션이 너무 올라가 있었다.

"흔치 않은 기회입니다. 알죠?"

"네! 대표님이랑 지유한테 꼭 이 은혜 갚을 거예요."

"그래요. 그럼 마음 단단히 준비해요. 슬슬 다 와가니까."

하얀색 SUV가 대표적인 부촌인 평창동으로 들어섰다. 좌
우로 단독주택들이 펼쳐졌다. 그리고 가장 높은 언덕에 거대
한 단독주택 하나가 자리를 잡고 있었다.

"와아, 선배님이 여기 사셨구나. 진짜 좋다."

엘시가 감탄했다. 반면 현우는 떨리는 심장을 애써 부여잡았다. 사실 오늘 이 만남도 극적으로 이루어진 것이었다. 아직도 실감이 나지 않아 얼떨떨했다.

'이걸 눌러야 하나?'

벨을 누르는 것까지 망설여질 정도였다.

딩동딩동.

현우가 뜸을 들이는 사이 엘시가 벨을 눌렀다.

철컥.

커다란 대문이 활짝 열렸다. 그 안으로 거대한 정원이 펼쳐졌다. 정원만 족히 수백 평은 되는 것 같았다. 잘 만들어진 구름다리를 지나 현우와 엘시가 저택 안으로 발을 내디뎠다.

심플한 인테리어에 범상치 않아 보이는 모형 장난감들이 군데군데 장식되어 있었다. 그리고 거실 소파에 이 거대한 저택의 주인이 등을 돌린 채 앉아 있었다.

"안녕하십니까? 어울림 엔터테인먼트의 대표를 맡고 있는 김현우라고 합니다."

현우가 떨리는 목소리로 인사를 건넸다.

"아, 왔어요?"

등을 돌린 채 앉아 있던 남자가 소파에서 일어났다. 마흔이 넘은 나이에도 소년 같은 느낌이 물씬 풍기는 남자였다.

"안녕하세요! 가수 엘시입니다! 만나 뵙게 되어 영광입니다! 선, 선생… 선배님?"

엘시가 말끝을 흐리며 울상을 했다. 대선배 앞에서 실수를 하고 말았다. 하지만 남자는 부드러운 미소만 짓고 있었다.

"선생님은, 나이가 들어 보이니까 선배님이라고 해요, 다연 씨."

"선배님, 저를 아세요?"

엘시가 감격스러워했다.

"잘 알아요. 김현우 대표님도 잘 알아요. 광고도 재밌게 봤어요."

"아, 부끄럽습니다. 하하!"

현우가 멋쩍게 웃었다. 어디를 가나 그놈의 캔 커피 광고가 꼬리표처럼 따라다녔다.

"앉아요."

현우와 엘시가 남자의 맞은편 소파로 앉았다. 소파 앞 테이블엔 모형 장난감들이 수북하게 쌓여 있었다.

"이것만 만들고 이야기해요."

남자가 분주하게 모형 로봇의 머리를 조립했다. 얼마나 진지한지 현우와 엘시는 숨소리도 제대로 못 내고 구경만 했다.

"됐다. 식사들 했어요?"

"아뇨. 아직 식전입니다."

"그럼 컵라면 먹을까요?"

"제, 제가 해올게요."

엘시가 벌떡 일어났다. 남자가 고개를 저었다.

"두 분은 손님이잖아요. 앉아 있어요."

남자가 부엌으로 가서 컵라면 세 개를 준비해 왔다.

"선생님."

현우가 먼저 입을 떼었다. 남자가 부드럽게 웃었다.

"현우 씨는 형이라고 해요."

"예?"

"제가 형이니까요."

그렇긴 했다. 현우도 픽 웃었다.

"그럼 초면에 실례하겠습니다, 형님. 저희 어울림에서 보낸 메일은 읽어보셨습니까?"

"읽어봤어요."

그때였다. 엘시가 남자를 쳐다보며 간절한 얼굴을 했다.

"…선배님, 도와주세요. 선배님 곡을 리메이크할 수 있도록 해주세요. 절대 선배님 명성에 누를 끼치는 일은 없도록 하겠습니다."

남자가 물끄러미 엘시를 쳐다보았다. 소년 같은 미소를 머금고 있었지만 현우는 그로부터 강력한 카리스마를 느낄 수 있었다.

엘시는 입술을 깨문 채 남자의 시선을 피하지 않고 있었다.

"흘러간 옛 노래들이 뭐가 좋아요?"

"그저 흘러간 노래가 아니에요. 솔직히 저는 선배님의 노래를 듣고 자란 세대는 아니에요. 하지만 선배님이 계시지 않았다면 지금의 저도 존재하지 않았을 거라고 생각해요."

"부끄럽네요."

남자가 조용히 웃었다.

"전 최고의 아이돌 엘시예요. 그리고 저에게는 최고의 곡이 필요해요, 선배님."

"이유가 뭔가요? 돈? 인기? 명예?"

엘시가 고개를 저었다.

"S&H를 나오면서 저는 돈, 인기, 명예 다 버렸어요. 하지만 우리 걸즈파워 멤버들은 버리지 못할 것 같아요. 그리고 대표님이랑 어울림 식구들한테도 은혜를 갚고 싶어요. 부탁드리겠습니다."

엘시의 목소리가 간절함으로 인해 떨리고 있었다. 남자는 차분하게 컵라면 위에 놓인 젓가락을 둘로 나누었다. 뚜껑이 열리자 컵라면 용기 속에서 김이 모락모락 피어올랐다.

"딱 알맞게 익었네요. 먹어요. 배고플 텐데."

"…선배님?"

엘시의 눈동자로 눈물이 고였다. 완곡한 거절의 의미로 받아들여졌다. 현우도 얼굴이 굳었다. 솔직하게 말하자면 이 남자를 볼 수 있는 것 자체가 원래는 불가능한 일이었다.

'어쩔 수 없이 솔로 앨범 제작을 해야 하나.'

하지만 문제는 시간이었다. 엘시가 원하는 건 Xena와의 정면 승부였다. 하지만 솔로 앨범을 제작하려면 아무리 빨라도 한두 달 정도는 시간이 필요했다. 그래서 현우가 생각해 낸 아이디어가 바로 리메이크 앨범이었다. 저작권자와 세부 조항을 조율하고 편곡 과정을 마치면 어쩌면 한 달 이내에 앨범을 제작할 수 있었다. 물론 죽어나가는 건 오승석이겠지만.

'아쉽네.'

현우도 아쉬웠다. 눈앞에 있는 소년 같은 느낌의 남자는 쉽게 만나볼 수 있는 그런 인물이 아니었다. 어쩌면 다시는 없을 기회였다.

엘시가 현우를 올려다보았다. 미안함과 고마움, 그리고 아쉬움이 담긴 눈동자가 현우의 마음을 더 무겁게 했다.

"라면은 불면 맛없어요. 들어요."

엘시는 나무젓가락도 제대로 나누지 못했다. 현우가 나무젓가락을 나누어 엘시에게 쥐어주었다.

"잘 먹겠습니다, 선배님."

"맛있게 먹어요. 다연 씨랑 현우 씨는 혹시 조립하는 거 좋아하나요?"

뜬금없는 질문이었다.

"좋아합니다. 어릴 적에 형이랑 미니카도 조립하고 온 동네를 돌아다녔거든요."

"저도 좋아해요. 저 인형도 모아요."

"그래요? 그럼 조금만 놀다 가요. 아, 그리고 생각해 두고 있는 곡 있어요?"

"……!"

"……!"

현우와 엘시가 서로를 보며 눈을 크게 떴다. 그러다 엘시가 훌쩍이기 시작했다.

"…선배님."

"라면부터 먹어요. 불면 맛없잖아요."

"네! 저 라면 잘 먹어요! 두 입에 먹는 거 보여 드릴게요!"

엘시가 조그마한 입을 크게 벌렸다. 그러곤 나무젓가락으로 라면을 잔뜩 들어 올리더니 진짜 두 입에 컵라면 용기를 비워냈다. 자그마한 볼이 햄스터처럼 빵빵해졌다.

"와, 그게 되는구나. 나도 해볼까요?"

남자가 입을 크게 벌렸다. 남자의 볼도 빵빵해졌다. 간신히 라면을 삼킨 남자가 또 라면을 삼키더니 환하게 웃었다.

"나도 된 거죠, 다연 씨?"

"네, 선배님! 너무 멋있으세요!"

"하하, 나도 개인기 하나 생겼다."

남자가 환하게 웃었다.

* * *

센트럴파크에서의 버스킹 공연 이후 뉴욕 뒷골목의 재즈 바 '뉴 소울'은 새로운 핫 플레이스로 떠오르고 있었다. 음악을 즐기고 사랑하는 뉴욕 시민들은 입소문을 전해 듣고 뉴 소울로 발걸음을 옮겼다.

"이거 이러다 금방 부자 되겠군."

블랙잭이 짧은 턱수염을 어루만지며 말했다. 오픈 전인데도 줄이 길게 늘어서 있었다. 밀려드는 손님들 덕분에 후안뿐만 아니라 그의 친구 세 명도 가게에서 일자리를 얻었다.

라이브 바 무대의 작은 의자에 송지유가 앉아 있다. 기타에 턱을 괸 채 송지유는 뉴 소울 가게 안을 둘러보고 있었다. 송지유는 골똘히 생각에 잠겨 있었다.

"지유, 무슨 생각이 그리 많습니까?"

"그냥. 이런저런 생각?"

"음."

후안도 별다른 말을 하지 않았다. 그리고 묵묵히 가게 오픈 준비를 시작했다.

오후 7시. 가게가 오픈했다. 송지유의 노래를 듣기 위해 줄을 선 손님들이 우르르 가게 안으로 들어섰다. 주문 또한 밀려들어 왔다. 주문 타임이 끝나자 손님들의 시선이 무대에 있는 송지유에게로 향했다.

"신비하고 아름다운 아가씨야."

"저렇게 예쁜 여자는 처음 보는 것 같아."

뉴 소울을 처음 찾은 손님들은 송지유에게서 눈을 떼지 못하고 있었다. 어느새 노천카페도 자리가 꽉 차버렸다. 자리가 없어 돌아갈 법도 했지만 손님들은 아예 노천카페나 가게 안에 서서 맥주나 칵테일을 홀짝였다.

"저 동양인 아가씨가 그렇게 노래를 잘한다고?"

"진짜라니까? 처음 듣는 음색이야. 그녀는 뉴욕에서는 들을 수 없는 노래를 불러."

"단순히 재즈 가수 수준이 아니야. 내가 보증하지."

"난 못 믿겠어. 그냥 저 여자를 보려고 사람들이 오는 거 아닌가?"

뉴 소울을 처음 방문한 손님 중에는 송지유를 의심하는 사람들도 있었다.

송지유의 시선이 구석 테이블로 향했다. 그곳에는 송지유를 거절한 유명 재즈 바 '블루버드'의 주인도 있었다.

윌슨이라는 이름을 가진 '블루버드'의 주인은 마티니를 홀짝이며 송지유가 노래를 부르기를 기다리고 있었다. 며칠 전부터 몇몇 단골손님이 가게에 나타나지 않고 있었다. 그리고 다른 재즈 바의 사장으로부터 뉴 소울의 소문을 접했다.

동양인 소녀 한 명이 뉴 소울에서 얼마 전부터 매일 공연을 하는데 그곳으로 음악을 사랑하는 뉴요커들이 몰리고 있다는 소문이었다.

'얼굴을 보려고 오는 건가?'

윌슨도 몇몇 손님들처럼 송지유에 대해 부정적인 선입견을 가지고 있었다. 신청곡이 쏟아졌다. 그리고 무대 위의 송지유가 조용히 두 눈을 감았다.

'어디 한번 들어볼까?'

팔짱을 낀 채 윌슨은 귀를 기울였다. 송지유의 첫 곡은 'Without You'로 1970년대 미국의 전설적인 싱어송라이터 해리 닐슨의 곡이었다.

1971년 발표된 이 곡은 빌보드 차트에서 4주 연속 1위를 기록했다. 또한 해리 닐슨에게 두 번째 그래미상을 안겨준 곡이기도 했다.

본래 이 곡은 해리 닐슨의 곡이 아니었다. 원곡의 주인은 영국의 밴드 배드핑거였다.

당시 짝퉁 비틀즈라며 많은 비난을 받아온 배드핑거는 2집 앨범에 실린 이 곡을 헐값에 해리 닐슨에게 팔고 말았다. 그리고 해리 닐슨을 만난 곡은 세계적으로 큰 히트를 치게 된다. 결국 곡을 만든 피트 햄과 톰 에반스는 자살로 인생을 마감하고 배드핑거는 해체된다.

송지유가 안타까운 사연이 담긴 비운의 명곡을 부르기 시작했다. 피아노 독주가 시작되었다. 그리고 송지유의 맑고 청아한 저음이 뉴 소울로 울려 퍼졌다.

윌슨은 놀라고 있었다. 입을 떼는 그 순간부터 숨조차 제대로 쉴 수가 없었다. 미국 팝 가수들로부터는 좀처럼 느낄 수 없는 아련한 감정이 고스란히 느껴졌다.

Without You는 잔잔한 도입부를 넘어 후렴구 부분에서 감정을 폭발시켜야 하는 어려운 곡이었다. 많은 가수가 이 곡을 리메이크했지만 가장 고평가를 받는 가수는 1990년대 최고의 여가수 중 한 명인 머라이어 캐리였다.

후렴구 부분이 다가왔다. 송지유가 서서히 음을 올리기 시작했다.

뉴 소울이 작은 동양인 소녀의 노래에 매료되어 있었다. 윌슨도 마찬가지였다.

어느새 그도 두 눈을 감고 송지유가 부르는 Without You에 푹 빠져 버렸다. 마티니를 홀짝이며 윌슨은 그저 편하게 송지유의 노래를 감상하고자 마음을 먹었다.

앙코르가 쏟아졌다. 어느덧 시간은 새벽 3시를 향해 가고 있었다. 마감 시간이 훨씬 지났지만 앙코르가 쏟아지는 바람에 송지유는 무려 네 곡이나 더 불러야 했다. 손님들 모두가 아쉬움에 자리를 뜨지 못하고 있었다.

결국 블랙잭이 나서야 했다.

"자자, 우리 가수도 이제는 쉬어야 하지 않겠어? 이러다 목이라도 상하면 책임들 질 텐가? 책임질 거야?"

블랙잭의 엄포에 손님들이 하나둘 자리를 떴다. 하지만 떠나기 전 송지유에게 사인을 받거나 셀카를 찍는 것을 잊지 않았다.

덕분에 시간은 훌쩍 흘러 새벽 4시가 다 되어가고 있었다. 끝까지 자리를 지키고 있던 윌슨이 자리에서 일어났다. 그리고 후안으로부터 칵테일 한 잔을 받고는 송지유에게로 다가갔다.

"안녕하세요? 오랜만에 만나네요, 윌슨 씨."

조금은 피곤한 얼굴로 송지유가 인사를 건넸다. 윌슨이 무뚝뚝한 얼굴로 칵테일을 내밀었다.

"저 주시려고요?"

"노래 잘 들었어. 언제 한번 우리 블루버드에도 찾아와 줬으면 좋겠군. 최고 대우를 해주지. 단곡 공연도 열어주겠어."

송지유가 살짝 웃었다.

"죄송한데 오늘이 뉴욕에서의 마지막 공연이에요."

"그런가? 하긴 한국 쇼 프로그램 촬영 중이라고 한 게 기억나는군."

"네. 아쉽네요. 블루버드에서 꼭 한 번 공연을 해보고 싶었는데."

"내가 더 아쉽군. 지유 같은 훌륭한 뮤지션을 겉모습만 보고 판단해 버렸어. 미안해. 정식으로 사과하지."

"아니에요. 괜찮아요."

윌슨은 아쉬웠다. 훌륭한 뮤지션을 블루버드에 세워보지도 못하고 한국으로 보내야 할 판이다.

"곧 보게 될 거야."

"네?"

송지유가 고개를 갸웃했다.

"빌보드에서 볼 것 같다는 말을 하는 거야, 나는."

"저를 너무 높게 평가해 주시네요."

송지유가 작게 웃었다. 하지만 윌슨은 진지했다.

"빈말은 하지 않아. 풀 네임이 뭐지?"

"이름은 지유이고 성은 송이에요."

"직접 적어줬으면 좋겠군."

후안이 펜과 메모지를 들고 왔다. 송지유가 이름을 적어주었다.

"기억하고 있지. 오늘 즐거웠어."

"네. 기회가 되면 또 봐요, 윌슨 씨."

윌슨이 뉴 소울을 나가고 비로소 영업이 종료되었다. 송지유는 의자에서 일어나 연주를 하느라 고생한 세 노인을 쳐다보았다.

퉁명스러운 노인들이었지만 그들도 오늘만큼은 서운한 표정을 하고 있었다.

"고생들 하셨어요. 힘들지 않으세요? 제가 어깨 주물러 드릴까요?"

세 노인이 고개를 저었다.

"피곤할 거야. 그만 가봐."

존스가 괜히 툭 말을 내뱉었다. 찰리가 얼굴을 찌푸렸다.

"마음에도 없는 소리 하지 마라. 오늘이 지유 마지막 촬영날인 거 모르나?"

"어쩌면 오늘이 지유를 보는 마지막 날일 수도 있어."

브라운이 말했다.

"후우, 우리도 이제는 언제 눈을 감아도 이상하지 않을 나이긴 하지."

블랙잭이 쓸쓸한 표정으로 말했다.

"하하, 그럼 지유가 다음에 뉴욕에 오면 어쩌면 저만 볼 수도 있겠군요. 으악!"

후안이 화들짝 놀랐다. 등짝이 얼얼했다.

"지유?"

"후안, 아무리 농담이라도 그런 말은 하는 거 아니에요!"

송지유가 물기 젖은 눈동자로 후안을 노려보았다.

"미안합니다. 지유가 슬퍼하는 게 싫어서 농담을 한다는 게 그만. 사과하겠습니다. 화 풀어요, 지유. 영감님들한테도 사과드리겠습니다. 죄송합니다."

"아냐, 아냐. 후안 자네가 뭐 틀린 말 한 것도 아닌데."

"할아버지!"

송지유가 블랙잭의 품으로 안겼다. 잠시 멈칫하던 블랙잭이 따뜻한 미소와 함께 송지유의 등을 토닥거렸다.

"고생했어. 그리고 이 늙은이들한테 좋은 추억 만들어줘서 고마워, 지유."

촬영을 하고 있던 제작진도 눈물을 훔쳤다.

"내년 봄에 꼭 다시 온다고 약속할게요. 그때는 촬영 없이 할아버지들이랑 시간 보낼 거예요. 알았죠?"

"그래. 그러려면 술도 끊고 건강관리를 해야겠군."

"운동도 시작하자고."

브라운이 블랙잭을 거들었다. 송지유는 세 노인과 일일이

포옹을 나누었다. 처음에는 퉁명스럽기만 하던 노인들도 이제는 송지유를 친손녀처럼 여기고 있었다.

그리고 길고 길었던 뉴욕에서의 촬영이 막을 내렸다.

*       *       *

엘시의 복귀와 함께 어울림 엔터테인먼트는 정신없이 바쁜 나날을 보내고 있었다. 2층 녹음실. 현우는 팔짱을 낀 채 오승석의 작업을 지켜보고 있었다.

오승석은 현우와 엘시가 천신만고 끝에 구해온 곡에 감히 손을 대지 못하고 있었다.

"어렵냐?"

"미치겠어. 어딜 어떻게 손을 대야 할지 모르겠다."

오승석은 부담감을 느끼고 있었다. 현우와 엘시가 가지고 온 '그'의 곡은 한국 가요계는 물론 대중문화계의 역사를 바꿔 놓은 곡이었다. 원곡 자체가 워낙 훌륭하고 상징성이 컸다. 그래서 섣불리 곡을 만질 수가 없었다.

벌써 며칠째 오승석은 고민에 고민만 거듭하고 있었다. 현우가 넌지시 말을 꺼냈다.

"승석아."

"응."

"차라리 최대한 원곡에 가깝게 가는 건 어떨까? 어차피 리메이크하는 거잖아. 우리 세대까지는 몰라도 우리보다 어린 세대들은 이 곡을 잘 알지 못할걸? 그러니까 차라리 원곡 느낌을 최대한 살려서 가는 거야."

"그게 나을까?"

"응. 앨범 콘셉트도 최대한 1992년의 느낌을 살려보려고."

오승석은 잠시 고민했다. 그러다 결정을 내렸다.

"좋아, 원곡 느낌으로 가야겠어. 고맙다, 현우야."

"그럼 작업 좀 서둘러 줘. 다연 씨가 애타 하고 있어."

"나만 믿어. 근데 다른 곡은 정했어?"

현우는 엘시를 위해 두 개의 곡을 준비할 계획이다. 먼저 '그'의 전설적인 데뷔곡을 리메이크해서 선보이고 최대한 빠른 시일 내에 엘시의 오리지널곡을 발매할 예정이었다.

"대표님! 승석 오빠!"

녹음실 문이 열리고 엘시가 들어왔다. 한 손에는 청담동에서나 판매한다는 고급 케이크가 들려 있었다.

"왔어요, 다연 씨?"

"네! 편곡 방향은 잡으셨어요?"

"음. 현우 의견도 있고, 원곡 느낌을 최대한 살려볼 생각이에요. 섣불리 손을 댈 수가 없어서 말이죠."

"하긴, 워낙 기념비적인 곡이니까요. 좋아요! 저도 찬성!"

엘시가 짝 손바닥을 마주쳤다. 현우는 픽 웃다가 입을 열었다.

"오리지널곡이 문제입니다. 정말 마음에 드는 곡이 하나도 없었어요?"

"네. 죄송해요. 그런데 진짜로 마음에 확 와닿는 곡이 없었어요."

프아돌을 통해 인연을 맺은 제이슨 리나 유지오, 최정민으로부터 곡 샘플을 받아봤지만 엘시의 마음을 끄는 곡은 단 한 곡도 없었다.

김정호와 오승석이 있었지만 두 작곡가는 송지유와 i2i의 앨범에 실을 곡을 작업하고 있었다. 이제 와서 억지로 새 곡을 뽑아낼 수도 없었다. 창작물이라는 건 단순히 뽑아낸다고 나오는 국수가 아니었다.

Xena와의 정면 승부를 위해서는 시간이 그리 많지 않았다. 적어도 며칠 내로 오리지널곡을 선택해야 했다.

엘시가 원하는 곡 스타일은 R&B 계열의 발라드곡이었다. 엘시는 그간 보여주지 못한 음악성을 대중들에게 보여주고 싶어 했다.

"제가 알고 있는 다른 작곡가 선생님들한테도 연락을 해볼까요, 대표님?"

"아무래도 그게 낫겠다, 현우야."

오승석도 엘시와 같은 생각을 하고 있었다. 순간 현우는 한 사람을 떠올렸다.

"다연 씨, 마침 내가 아는 작곡가 한 명이 있어요."

"정말요? 누구에요?"

"우리 어울림 소속 사람입니다."

"네?"

"뭐?"

엘시와 오승석이 동시에 반문했다.

"잠깐만 기다려 봐요."

현우가 핸드폰을 들어 보이며 씩 웃었다.

잠시 후 녹음실 문이 열리고 자그마한 체구의 소녀가 살짝 고개를 내밀었다. 이솔이었다.

"대표님, 저 왔어요. 어? 선배님도 계셨네요?"

이솔이 엘시를 보며 조금은 놀란 얼굴을 했다.

"솔이를 말씀하신 거예요?"

"솔이가 그 작곡가라고?

엘시와 오승석이 동시에 현우를 쳐다보며 물었다. 현우가 고개를 끄덕였다.

"소개할게. 여긴 꼬부기라고, 우리 어울림의 비밀 병기 작곡가."

"아, 안녕하세요. 꼬부기입니다."

이슬이 몸을 배배 꼬며 부끄러워했다. 꼬부기는 현우가 지어준 작곡가 네임이다.

예시로 오승석은 'Big oh'라는 작곡가 네임을 사용하고 있었다. 현우와 오승석의 절친 백청산이 '블루마운틴'이라는 이름을 사용하듯 말이다.

"솔이가 작곡도 할 줄 알아요?"

오랫동안 어울림을 떠나 있던 엘시에겐 금시초문이었다.

"훌륭합니다. 수정이랑 지연이 라디오에서 부른 자작곡도 반응이 아주 좋았죠."

현우가 자랑스러운 얼굴로 이슬을 쳐다보았다. 이슬의 자작곡 '할 거야'는 어울림 WE TUBE 공식 채널에서도 조회 숫자가 어마어마하게 올라가고 있었다. i2i의 팬들이 이솔의 솔로 앨범을 기대할 정도였다.

"솔이가 내 수제자이긴 하지."

예상 밖의 등장이긴 했지만 오승석도 이솔을 인정했다. 하나를 가르쳐 주면 열을 깨우치는 아이였다. 현우가 이솔을 녹음실 의자로 앉혔다.

"솔아, 샘플곡들 가져왔지?"

"네. 그런데 엘시 선배님이 좋아하실까요?"

엘시는 가요계의 대선배였다. 그리고 아이돌을 꿈꾸던 이솔의 우상이기도 했다. 이솔이 부끄러워하고 있었다.

"선배님께서 R&B 발라드를 원하신다고 해서 골라오긴 했어요."

"부담 갖지 마. 언니도 편하게 들어볼게."

엘시가 이솔의 긴장을 풀어주었다.

이솔이 샘플이 담긴 USB를 오승석에게 건넸다. 오승석이 곧장 USB에 담긴 곡들을 재생시켰다.

곡은 총 여덟 곡. 클래식 기타를 배경으로 이솔의 허스키 보이스가 연이어 들려왔다. 확실히 이솔의 음악성은 대단했다. 본인은 의식하지 못하고 곡을 만들었지만 R&B에 포크와 발라드, 재즈 등 다양한 느낌이 풍기는 곡들이 차례로 녹음실 안에 울려 퍼졌다.

'미쳤다.'

현우는 등 뒤로 소름이 돋을 정도였다. 곡마다 이솔의 깊은 감성과 음악성이 담겨 있었다. 열일곱 살밖에 되지 않은 소녀가 대체 어떻게 이런 감성을 가지고 있는지 궁금했다.

오승석도 진지한 태도로 듣고 있었다. 시간이 흐르고 여덟 곡의 재생이 모두 끝났다.

엘시는 홀로 심각한 얼굴을 하고 있었다.

"선배님, 마음에 드는 곡이 없으신가요?"

이솔이 걱정되는 마음에 조심스레 물었다. 엘시는 말이 없었다. 그러다 입술을 깨물었다. 어느새 두 눈동자에는 눈물이 살짝 고여 있었다.

"선배님? 괜찮으세요?"

"솔아, 이리 와볼래?"

이솔이 얼떨결에 엘시에게 다가갔다. 엘시가 이솔을 와락 껴안았다.

"너도 많이 힘들었겠다. 그치?"

"네? …네."

이솔이 작게 말했다. 옛 기억이 떠오르는지 이솔도 서글픈 표정을 하고 있었다. 엘시와 이솔이 음악을 통해 서로 교감을 나누고 있었다. 현우는 조용히 지켜만 볼 뿐 두 사람을 방해하지 않았다.

소매로 눈물을 훔치고 엘시가 다시 샘플곡을 재생시켰다.

'일곱 번째 곡이구나.'

여덟 곡 중 일곱 번째 곡은 이솔이 무대 공포증으로 힘들던 시간에 대한 감정을 담은 서글프고 세련된 감성의 곡이었다. 가사도 훌륭했고 R&B와 발라드, 그리고 재즈 느낌이 살짝 풍겼다.

한마디로 표현하자면 곡 자체가 고급스러웠다. 뉴욕의 재즈 바에서 불러도 손색이 없을 정도였다. 곡의 이름은 'Rain Spell', 한국말로 번역하면 '장마', 혹은 '장마철'이었다.

"대표님, 그리고 꼬부기 선생님, 저 이 곡 부르고 싶어요."

엘시가 확신을 담아 결정을 내렸다. 이솔이 현우를 쳐다보며 환하게 웃었다.

엘시의 첫 솔로 앨범 타이틀곡이자 전설로 남을 명곡이 탄생하는 순간이었다.

### 3장
이 구역의 진정한
미친년은 누구인가II

이른 새벽, 인천국제공항으로 하얀색 SUV가 들어섰다. 서행을 하면서 현우는 공항버스 정류장을 살펴보았다. 정류장 쉘터마다 Xena의 실물과 똑같은 크기로 제작된 앨범 재킷 사진이 걸려 있었다.

"역시 S&H라 이건가?"

오프라인과 온라인 어느 곳에서든 Xena를 볼 수 있었다. 마케팅과 홍보 쪽에 있어서는 확실히 S&H가 한 수 위라는 생각이 들었다.

공항 주차장에 들어서자 SBC 쪽 제작진 차량이 여러 대 보였다. 이미 제작진이 뉴욕에서 도착한 것 같았다.

현우의 시야에 커다란 캐리어를 들고 서 있는 송지유가 들어왔다. 현우는 서둘러 차에서 내렸다.

"지유야!"

"오빠!"

송지유가 현우를 반겼다. 고석훈과 유선미, 그리고 제작진도 현우를 반겼다. 현우는 제작진과 먼저 인사를 나누었다.

박석준 피디와 최지영 작가, 그리고 다른 제작진도 피곤해 보였지만 모두 표정만큼은 밝았다.

"예정보다 빨리 오셨습니다, 피디님."

"버스킹 공연 효과가 컸습니다. 덕분에 분량 넉넉하게 채우고 돌아왔습니다. 편집할 게 많아지긴 했지만 행복한 고민이죠."

"하하, 그런가요? 그럼 방송은 언제쯤 나갈까요?"

"음. 지금 방영되고 있는 토요일 9시 드라마가 다음 달에 종영입니다. 그때쯤 편성이 잡혔습니다. 편집 기간도 넉넉해서 좋은 그림이 나올 겁니다, 대표님."

"토요일 밤 9시…… 황금 시간대를 잡아주셨네요."

"그렇죠? 국장님께서 힘 좀 쓰셨죠. 지유가 출연하는 방송이라 드라마국에서도 흔쾌히 편성을 내주더군요."

당연했다. 송지유는 시청률 보증수표라 불리고 있었다. '차가운 도시의 법칙'이 종영되고 나면 후속으로 방영되는 드라마도 낙수 효과를 볼 수 있었다.

"오늘은 뭐 하실 겁니까?"

"후우, 시차 때문에 일단 집에 가서 쉬어야죠."

"네. 쉬는 편이 좋겠네요."

현우가 제작진을 둘러보며 대답했다. 다들 피곤에 절어 있었다. 최지영 작가는 다크서클까지 깊게 내려왔다.

송지유가 그간 함께 고생한 제작진과 차례차례 인사를 나누었다. 제작진을 태운 차량이 공항 주차장을 벗어나자 텅 빈 주차장엔 어울림 식구들만 남게 되었다.

"석훈이랑 선미 씨도 오늘은 퇴근하도록 해요."

"네?"

유선미가 현우를 빤히 쳐다보았다. 현우가 박석준 피디와 앞으로의 일정에 대해 이야기를 나누긴 했지만 정식으로 보고서를 제출할 생각이었다.

"두 사람 다 내일 아침에 출근해요. 며칠 휴가를 주고 싶기는 한데 회사가 바빠졌어요. 석훈아, 다연 씨 솔로 앨범 낼 거다."

"예?!"

고석훈이 크게 놀랐다. 엘시를 위해 S&H를 박차고 나온 고석훈이다.

"일부러 말 안 했다. 너 이럴 줄 알고."

"감사합니다, 대표님!"

피곤해 보이던 고석훈의 눈이 번쩍 뜨였다. 그 역시 뉴욕에서 연예 기사를 보고 있었다. 홀로 얼마나 분통을 터뜨렸는지 모른다.

"다연 씨 담당 매니저는 너니까 각오 단단히 하고 있어."

"물론입니다. 이미 각오 충분히 하고 있습니다."

"그래, 그럼 내일 봅시다. 푹 쉬고 나와요. 지유는 제가 데려다 주겠습니다."

고석훈과 유선미가 택시를 타고 먼저 퇴근했다.

"우리도 가야지?"

"가요."

현우는 송지유의 캐리어와 짐을 트렁크에 실었다. 그리고 시동을 걸고 공항 주차장을 빠져나가기 시작했다.

"저 아이예요? 제나라는 아이."

송지유가 조수석 창문 너머 Xena의 앨범 재킷 광고를 보고 물었다.

"응. 무서운 신인이지."

"공항에서 기사 봤어요. 엘시 선배님은 괜찮아요?"

"괜찮긴 한데, 잔뜩 벼르고 있어. S&H도 그렇고 제나라는 아이도 다연 씨한테 선전포고를 한 셈이잖아. 너도 비키라고 기사 여러 개 났어."

Xena의 인기가 치솟으면서 '송지유 비켜'라는 기사도 어김없이 등장하고 있었다.

"난 비켜줄 생각 없는데?"

송지유가 차분하게 말했다. 현우가 피식 웃었다.

"집으로 갈래?"

"네. 할머니가 꼬리곰탕 해놓으셨대요. 오빠도 먹고 가래요."

"꼬리곰탕? 좋지!"

"오늘 몇 시에 퇴근해요?"

"음, 왜?"

"저녁에 아버님이랑 어머님 뵈러 간다고 연락드렸어요."

"우리 아버지, 어머니?"

"네. 뉴욕에서 선물 샀거든요. 오랜만에 뵐 겸 해서요. 마침 어머니도 보고 싶다고 하시니까요."

송지유가 태연한 얼굴로 대답했다.

"그래서 그렇게 짐이 많구나? 뭐 샀는데?"

"이따가 집에서 보면 되잖아요."

"하아, 너, 진짜 궁금하게 만드는 여자다."

"그게 내 매력이잖아요."

"그런가?"

현우는 조용히 웃었다. 왠지 모르게 기분이 좋았다.

＊　　　＊　　　＊

송지유의 집에 들러 꼬리곰탕으로 든든하게 몸보신을 하고 현우는 홀로 어울림으로 출근했다. 휴가를 떠난 i2i 멤버들이 지하 1층 연습실에 출근해 있었다.

"수정이, 지연이, 하나, 지수, 솔, 은이, 아라, 유지, 시시, 세희, 하잉, 보미, 예슬. 한 명도 빠짐없이 다 왔구나. 좋아, 훌륭해."

아이들을 보기만 해도 흐뭇했다. 다들 푹 쉬고 왔는지 모두 생기가 넘쳤다.

"영진이한테 들어서 이미 알고 있겠지만 너희들 일본 매니지먼트가 정해졌다."

"오예!"

멤버들이 신이 나 환호성을 질렀다.

"거기다 업계 최고 대우야."

멤버들이 서로를 껴안으며 더 크게 기뻐했다.

"일본 진출을 위해서는 일본어를 익힐 필요가 있어. 내일부터 너희들 일본어 레슨을 시작할 거야. 각 멤버마다 시간 맞춰줄 테니까 크게 걱정할 필요는 없을 거야."

일본어를 배워야 한다는 현우의 말에 멤버들이 왠지 숙연해졌다. 바쁜 활동 탓에 다들 학교 공부와는 담을 쌓고 있는 처지였다.

"그리고 한 가지 소식이 더 있어."

"뭔데요?"

배하나가 궁금증을 이기지 못하고 물었다.

"릴리 선생님이 우리 어울림 식구가 되셨다."

현우가 씩 웃으며 말했다. 프아돌이 종영하는 시점에서 안무가 릴리는 파인애플 뮤직과 계약이 끝나 버렸다. 그리고 현우가 업계 최고 대우를 해주며 그녀를 어울림으로 영입했다.

"아아!"

멤버들이 탄식과 기쁨이 뒤섞인 기묘한 소리를 냈다.

"어머, 너희들 반응이 이상하다? 나 다 봤다?"

어느새 유령처럼 릴리가 나타났다. 그리고 배하나를 보자마자 얼굴을 찌푸렸다.

"하나, 살쪘구나. 전주 가서 맛있는 거 많이 먹고 왔나 봐? 괜찮아. 선생님이랑 춤추다 보면 금방 빠질 거야."

"나는 이제 죽었다."

"넌 이미 죽어 있었지."

배하나가 울상을 했다. 이지수가 그런 배하나를 약 올렸다.

그리고 뒤이어 엘시도 연습실로 모습을 드러내었다. 릴리를 반기고 있던 멤버들이 갑자기 일렬로 늘어섰다.

"안녕하세요, 엘시 선배님?"

기합이 팍 들어간 인사에 엘시가 싱긋 웃었다.

"하이~ 헬로~ 안녕?"

엘시는 손까지 흔들어주었다.

"어울림으로 잘 오셨어요, 선배님!"

1세대 아이돌 출신 릴리를 향해 엘시가 공손하게 고개를 숙였다.

"걸즈파워 활동할 때보다 훨씬 보기 좋네. 다연아, 고마워. 너도 나를 영입하자고 했다며? 대표님한테 들었어."

"선배님보다 뛰어난 안무가는 없으니까요."

"호호, 그건 맞아."

"그렇죠?"

릴리와 엘시가 서로를 보며 웃었다. 그 모습을 i2i 멤버들이 신기한 듯 쳐다보고 있었다. 호랑이 선생님으로 유명한 릴리의 웃는 모습이 영 어색했다.

"부러워할 거 없어. 너희들도 앨범 세 개 정도만 내면 선배님도 편하게 대해주실 거니까."

"별로 안 그러실 거 같은데."

배하나의 입이 삐죽 나와 있다.

"하나 너는 뺀질이라 특별 관리 대상이야. 꿈 깨."

릴리가 엄한 표정으로 말했다. i2i 멤버들이 킥킥 웃었다.

'재밌네.'

현우는 그 모습을 지켜만 보고 있었다. 1세대 아이돌과 2세대 아이돌, 그리고 3세대 아이돌이 같은 공간에 있는 모습이 뭐랄까, 굉장히 이색적으로 느껴졌다.

잠시 담소를 나누는 것을 지켜보던 현우가 타이밍을 보고 말을 꺼냈다.

"다연 씨."

"아, 네!"

엘시의 분위기가 진지해졌다. 그리고 i2i 멤버들을 향해 입을 열었다.

"오늘 너희들을 보고 싶다고 한 건 대표님이 아니고 사실 나였어."

i2i 멤버들이 어리둥절한 표정을 했다. 자연스레 시선이 현우에게로 향했다. 현우가 어깨를 으쓱했다.

"있잖아, 얘들아. 내가 이번에 리메이크 앨범을 낸다는 건 알고 있을 거야. 그런데 나를 도와줄 멤버 두 명이 필요해. 객원 멤버라고도 할 수 있어. 매번 무대에 같이 오를 필요는 없어. 뮤직비디오랑 첫 컴백 무대에서만 나를 도와주면 되거든."

엘시가 현우를 쳐다보았다. 이제는 현우가 자세히 설명할 차례였다.

"백문이 불여일견이라고 했지? 일단 리메이크를 할 곡부터 들려줄게."

연습실로 리메이크곡이 흘러나왔다. 멤버들이 처음에는 아리송한 얼굴을 했다. 그러다 전주가 흘러나오자 다들 화들짝 놀랐다. 1992년에 발표된 곡임에도 한국 멤버들은 전부 이 곡을 알고 있었다.

"대표님, 이 곡을 정말로 리메이크할 수 있어요? 그분이 허락을 해주셨나요? 아니, 만나주셨어요?"

릴리도 크게 놀랐다. 전혀 예상 못 한 상황이다. 그리고 왜 멤버 두 명이 더 필요한지 이해가 되었다.

릴리가 i2i 멤버들을 향해 입을 열었다.

"얘들아, 이건 기회야. 너희들도 알지? 이 노래가 어떤 의미가 있는 노래인지?"

i2i 멤버들도 상황을 파악했다. 현우가 멤버들을 살폈다. 사실 생각해 놓은 멤버가 있긴 했다. 굳이 즉석 오디션을 보거나 해서 멤버들끼리 경쟁을 붙일 생각은 없었다.

"하나랑 지수."

"네?! 저희요?"

이지수가 손가락으로 배하나와 자신을 가리켰다.

"지수랑 하나가 하는 걸로 하자. 지수는 메인 댄서이고 하나는 서브 댄서니까."

김수정과 유지연은 일본 활동 전까지는 라디오에 전념해야 했다. 이솔은 오리지널곡을 완성시켜야 했고, 외국인 멤버들은 이 곡을 알지 못했다. 다른 멤버들도 있었지만 i2i가 아닌 엘시의 솔로 앨범이다. 서아라나 전유지, 양시시, 차보미, 권예슬 등은 i2i라는 프로젝트 그룹에 소속은 되어 있지만 어울림 소속은 아니었기에 조금 복잡한 면이 있었다.

그리고 이 모든 사항을 고려해 봤을 때 이지수와 배하나가 엘시를 지원 사격 하기에 최적의 멤버였다.

멤버들도 금방 수긍했다. 하지만 다른 기획사에 속한 멤버들은 진한 아쉬움을 느껴야 했다. 그리고 새삼 어울림 소속인 고양이 소녀들이 부러웠다.

"지수랑 하나는 내일부터 안무 연습 들어가자. 빡세게 할 거야. 알았지?"

릴리도 의욕을 불태우고 있었다.

"잘 부탁해, 후배님들."

엘시가 싱긋 웃으며 말했다.


*　　　*　　　*


엘시의 솔로 앨범 작업은 빠르게 진행되었다. 죽어나가는 건 오승석이었다. 리메이크곡과 이솔의 곡 'Rain Spell'을 동시에 작업해야 했기 때문이다. 이솔도 매일 회사에 출근하며 곡을 다듬어갔다.

현우와 어울림 식구들은 엘시와 머리를 맞대고 앨범 콘셉트 회의를 거듭했다. i2i 첫 앨범과 마찬가지로 현우는 이번에도 투자를 아끼지 않았다.

특히 리메이크 앨범에 공을 들였다. 자칫 리메이크 앨범이 원곡을 망쳤다는 평이 나오면 회사 이미지에는 치명적이었다. 아직도 곳곳에 남아 있는 팬들과 음악 평론가들이 분명 가만있지 않을 것이다.

Xena는 4주 연속 가요 프로그램 1위를 차지하며 음원 차트를 정복하고 있었다. 예능 프로그램에서도, 그리고 광고에서도 Xena를 쉽게 볼 수 있었다.

'차가운 도시의 법칙' 방영을 기다리며 송지유는 휴식기를 갖고 있었고, i2i도 일본 진출을 위해 재정비를 하고 있었다. 어울림 엔터테인먼트가 숨을 죽이고 있는 사이 세상은 온통 S&H가 배출한 Xena에 열광하고 있었다.

엘시나 어울림 엔터테인먼트를 향한 좋지 않은 기사나 여론도 극에 달해 있었다. 하지만 어울림 엔터테인먼트가 차분하고 빠르게 반격을 준비하고 있을 뿐이라는 사실을 그 누구도 알지 못했다.

엘시의 솔로 앨범 제작이 극비리에 이루어지고 있었기 때문이다.

단골 백반 가게.

어울림 식구들이 늦은 저녁을 먹고 있었다.

"야속하네요. 진짜 야속하다. 인기라는 게 참 덧없네요."

최영진이 혀를 찼다. 어울림 엔터테인먼트를 잊어버린 대중들에게 서운했다. 송지유나 i2i에게 열광할 때는 언제고 이제는 자신들이 그토록 비난하던 S&H와 Xena에게 열광하고 있었다.

"눈에서 멀어지면 대중과도 멀어지는 건 당연한 이치야, 영진아."

"그렇긴 한데요, 현우 형님. S&H는 명백히 잘못을 했잖아요. 그걸 어떻게 잊을 수가 있어요? 저는 절대 못 잊어요."

"너 우리나라 정치인만큼 욕 많이 먹는 인간들 봤냐? 그럼 뭐 해? 수십 년 가까이 정치하고 있잖아. 원래 세상인심이 그런 거야. 그래도 너무 서운해하지 마라. 다연 씨 앨범 나오고 지유 예능 프로그램 방송되기 시작하면 그 사랑, 우리가 또 찾아올 거니까."

"왜 명언도 있잖아요. 사랑은 돌아오는 거야!"

김은정이 숟가락을 들고 부메랑을 던지는 시늉을 했다. 현우가 피식 웃으며 최영진의 어깨를 두들겼다.

'오늘인가.'

위로를 하기는 했지만 현우도 마냥 마음이 편한 것은 아니었다. 지난 시간이 마치 1년처럼 느껴졌다. 지금까지 승승장구만 해온 현우도 나름 Xena라는 장애물을 만난 셈이다.

하지만 자신은 있었다. 시간은 촉박했지만 어울림 엔터테인먼트의 역량을 엘시의 솔로 앨범에 모두 쏟아부었다. 덕분에 엘시의 오리지널 싱글 앨범은 막바지 작업에 들어가 있었고, 리메이크 앨범은 완성된 상태였다. 뮤직비디오도 제작을 마쳤고 이제 남은 건 대중들에게 리메이크 앨범을 선보이는 것뿐이었다.


"으음, 지유 님은 뭐 하시려나?"

얼굴천재지유 닉네임을 사용하는 박 팀장은 습관적으로 팬카페 SONG ME YOU에 들어가 보았다. 송지유만이 남길 수 있는 전용 게시판에 새 글이 올라와 있었다.

딸각.

박 팀장은 게시 글을 클릭했다. 셀카였다.

"어라? 영화 촬영 하시나? 이건 무슨 콘셉트지?"

잠시 고민하던 박 팀장의 뇌리 속으로 불현듯 한 인물이 스쳐 지나갔다.

연수지였다. 송지유를 보자 연수지가 떠올랐다. 연수지는

1990년 분홍빛 향기로 혜성같이 데뷔해 큰 인기를 모은 청순 가련형의 대표적인 가수이다.

송지유는 연수지처럼 하얀 장갑을 끼고 하얀색 원피스에 청재킷을 걸치고 있었다. 귀에는 조금은 촌스러운 하트 귀고리까지 하고 있었다. 특히 기다란 생머리를 하나로 묶은 커다란 리본이 압권이었다.

'어울림 엔터테인먼트 홈페이지. 오늘 밤 12시에 만나요.'

셀카와 함께 짤막한 글귀가 전부였다.

팬카페는 흥분과 혼란에 빠졌다. 박 팀장은 급히 포털 사이트에 들어가 보았다. 벌써 기사가 올라와 있었다.

**[송지유 의문의 셀카, 과연 무엇을 의미하나?]**
**[연수지로 등장한 송지유! 팬카페에 의미심장한 글 남겨]**
**[어울림 엔터테인먼트 송지유, 깜짝 앨범 발매하나?]**
**[송지유 기습 컴백? 팬들의 관심 집중!]**

늦은 시간임에도 기사에 댓글이 달리고 있었다.

"뭐지? 진짜 앨범 내시나?"

박 팀장은 급히 어울림 홈페이지에 접속해 보았다. 접속이 폭주하는지 한참 후에나 박 팀장은 홈페이지를 확인할 수 있었다.

"응? 뭐지?"

송지유와 i2i, 그리고 엘시로 꾸며진 홈페이지에 'Since 1990's'라는 아리송한 글귀만 남아 있었다.

"뭘까?"

박 팀장이 계속해서 고개를 갸웃했다. 시계 바늘은 오후 6시를 조금 지나 있었다. 송지유의 셀카에서부터 시작된 의문은 빠르게 대중에게 확산되고 있었다.

*      *      *

자정 12시를 조금 앞둔 시각. 대중들은 물론 연예계 관계자들의 이목이 어울림 엔터테인먼트에게 쏠려 있었다.

S&H 매니지먼트 1팀과 2팀의 팀장급을 비롯한 실장급 인사들도 퇴근을 하지 못하고 회의실에 모여 있었다. 어울림 홈페이지에는 여전히 'Since 1990's'라는 글귀만 달랑 적혀 있었다.

"아무래도 급히 송지유 앨범을 내려는 것 같습니다."

"연수지 곡을 리메이크한 거 아닐까요?"

"그럴 확률이 높습니다. 확실히."

"연수지 곡을? 음, 그렇지는 않을 겁니다. 김빠지게 그렇게 쉽게 힌트를 줄 리가 없죠."

"그렇긴 하죠."

온갖 추측이 난무하고 의견도 분분했다.

"조용히들 하세요. 일단은 12시가 되기를 기다려 봅시다."

이석우 실장은 섣불리 판단을 내리지 않고 있었다. 어울림의 젊은 대표는 절대 호락호락한 남자가 아니었다.

자정 12시가 되자 어울림 홈페이지가 스르르 변화를 보이기 시작했다. 재생 버튼 하나가 덜렁 올라온 것이다.

"클릭해 보세요."

이석우 실장의 말에 팀장 매니저 한 명이 서둘러 재생 버튼을 눌렀다.

"이게 뭐지?"

"으음?"

S&H 사람들이 의문을 표시했다.

그리고 90년대 초반에나 볼 법한 촌스러운 세트 무대가 배경으로 펼쳐졌다. 연수지로 변신한 송지유가 커다란 초코 송이 마이크를 들고 계단을 내려왔다. 어깨 뽕이 잔뜩 들어간 정장을 입은 여자 백댄서들도 함께였다.

그대 모습은 분홍빛처럼~

순간 S&H의 회의실로 어려 있던 팽팽한 긴장감이 확 찾아들었다.

"이거였어? 겨우?"

"송지유 리메이크 앨범인데요?"

"난 또 뭐라고. 이석우 실장님, 마음 놓으셔도 될 것 같습니다. 아무리 송지유라도 이번만큼은 제나한테 안 됩니다."

"잠깐!"

이석우 실장의 외침과 동시에 화면이 바뀌었다.

\*　　　\*　　　\*

화면 속 세트와 배경이 확 바뀌어 버렸다. 별안간 1990년대 진행 MC로 큰 인기를 누리던 염백천이 나타났다.

"특종! TV 연예! 자, 이번 순서는요, 금주에 나온 신곡을 소개해 드리고 그 가운데에서 한 곡을 골라 그 가수를 초대해 노래를 들어보는 시간입니다. 그리고 심사위원의 평도 듣고 평점도 매겨보는 시간입니다."

90년대 초반에나 볼 법한 옷차림을 한 방청객들이 열심히 박수를 쳤다.

"자, 그럼 심사위원을 먼저 소개해 드리겠습니다. '종로의 봄'

을 작곡하신 작곡가 김정호 씨입니다."

2 대 8 가르마에 촌스러운 회색 양복을 입은 김정호가 인사를 했다. 방청객의 박수가 쏟아졌다.

"요즘 아주 화제죠? 화제의 작곡가 '소녀는 무대 위에'를 작곡하신 오승석 씨입니다."

잔뜩 젤을 바르고 더듬이 머리를 한 오승석도 꾸벅 인사를 했다.

"연예 기획사 대표 김현우 대표님이십니다."

현우가 꾸벅 인사를 했다. 캔 커피 광고 때처럼 기다란 회색 코트에 입에는 이쑤시개까지 물고 있었다. 방청객들이 열광적으로 박수를 쳤다.

"자, 그리고 음악 평론가 정훈민 씨를 소개해 드리겠습니다."

잠자리 안경에 콧수염까지 붙인 정훈민이 자리에서 일어나 90도로 인사했다.

염백천이 커다란 LP 앨범을 들어 보였다.

"자, 그럼 금주의 신곡을 소개해 드리겠습니다. 지석진이라는 남자 가수인데요, '우울한 오후에는 미소를'이라는 노래를 발표했습니다."

염백천이 이번에는 다른 하얀색 배경의 LP 앨범을 들어 보였다.

"자, 그리고 마지막! 음? 영어로 써놓으셨네요? '엘시와 아이들'이라는 트리오인데요, 흔치 않은 랩을 하는 팀입니다. '난 알아요'라는 노래를 지금 부르고 있습니다. 자, 그러면 엘시씨와 그 친구들의 노래를 들어보겠습니다."

'설마 이 곡을 리메이크했을 줄이야.'

이석우 실장이 굳은 얼굴로 이마를 짚었다.

연예계에 종사하는 사람이라면 1992년 4월 11일에 방송된 MBS의 이 프로그램을 모를 리가 없다. 문화 평론가들은 1992년 4월 11일을 한국 대중가요의 새 장이 열린 날이라 평가했다. 이석우 실장 역시 같은 생각이었다.

그리고 아직까지도 WE TUBE를 돌아다니며 많은 사람들에게 회자되고 있는 전설적인 영상이었다.

작고 촌스러운 무대 위로 웅장한 전주가 흘러나왔다. 그리고 조명이 쏟아지며 화면이 또 전환되었다.

성우의 굵직한 음성이 가장 먼저 들려왔다.

"댄스 뮤직의 새로운 바람, 엘시와 아이들! 난 알아요!"

어둠으로 물든 거대한 세트에 안개가 자욱했다. 멜빵 7부 청바지에 하얀색 힙합 티셔츠, 그 위로는 검은색 조끼, 그리고 검은색 벙거지 모자를 쓴 엘시가 안개를 뚫고 무대로 천천히 걸어 나왔다.

720*480의 해상도 화면에 금주의 1위 후보라는 촌스러운 궁서체 자막이 깔렸다. 안개에 가려져 있던 배하나와 이지수가 엘시의 좌우에서 모습을 드러내었다. 그러더니 허공을 날아 계단 아래 무대로 착지했다.

바닥에 한쪽 무릎을 꿇고 있던 엘시가 비트를 타며 천천히 일어섰다. 그리고 '그'를 상징하는 동그란 모양의 안경을 썼다.

웅장하고 화려한 전자음과 함께 90년대 초반을 휩쓴 전설의 안무가 펼쳐졌다. 엘시와 아이들이 팔짱을 낀 채 고개를 끄덕거리며 노래가 시작되었다.

1990년대 가요 프로가 완벽하게 재현되고 있었다. 춤과 노래 등 모든 것이 지독하리만큼 생생했고 흠 잡을 곳이 없었다. 마치 1992년의 태지 보이스를 보는 것만 같았다.

S&H의 회의실이 침묵에 휩싸였다.

\*         \*         \*

[대한민국 최고 존엄 아이돌의 귀환!]
[엘시라 쓰고 태지 보이스라 읽는다.]
[엘시, 엘시와 아이들로 기습 컴백! 엘시는 죽지 않았다!]

[누가 엘시에게 돌을 던졌나? 음원 차트 정복!]

[어울림 엔터테인먼트, 이 갈았다. 문화대통령과 손잡아]

[엘시 리메이크 앨범 대호평! 대중들은 열광한다!]

[아이돌의 여왕 엘시! Xena, 너는 멀었어!]

[평론가들의 극찬! 한국 가요계의 역사가 부활했다!]

[1992년이 다시 부활하다!]


반응은 뜨거웠다. 아니, 현우도 예상하지 못할 정도로 폭발적이었다. 어울림 엔터테인먼트 홈페이지를 통해 공개된 리메이크 앨범 'Reboot&19920411'은 연예계뿐만 아니라 사회 전반적으로 광풍을 불러오고 있었다.


―1992년, 그때 아마 내가 중학교 2학년이었나? 그랬는데 친구들이랑 저 방송을 봤습니다. 당시 심사위원 중에 한 명만 빼고 대부분 다 혹평을 했죠. 그 주에 맨 꼴찌인 50등인가 했는데 바로 다음 주에 1위를 해버렸죠.

―다음 날 학교에서 난리가 났던 걸로 기억. 누구냐고, 노래 들어봤느냐고 난리가 났습니다. 기억이 새록새록 나네요.

―학교 축제에서 이 노래만 나왔지.

―종로 거리 걸어가면 30m마다 테이프 팔던 리어카에서도 이 노래만 나왔다.

—노래 한 곡에 뉴 잭 스윙, 메탈, 랩, 힙합 다 들어 있었지. 그때는 몰랐는데 나이 들고 음악 좀 알고 나니 새삼 더 대단하다고 느껴졌다.

—MBS 저 프로, 이 사건 때문에 얼마 안 가 종영한 걸로 기억남. 하긴 자기들도 창피했겠지^^;

—지렸다! 지려 버렸다! 팬티 갈아입고 옴.

—진짜 생각도 못 했음. 송지유 리메이크 앨범인 척 밑밥 뿌리더니 갑자기 엘시와 아이들 등장. 보다가 소름 돋아서 고드름 되어버림. ㅋㅋㅋ

—어울림 엔터테인먼트 기획력 실화냐? S&H에서 마이클 잭슨 앨범 리메이크해도 상대 안 된다. ㅋㅋ 상징적으로 보면 태지 보이스를 누가 이기냐? ㅋㅋ

—???: 뒤지기 싫으면 다 나가 있어.

—1992년에 나온 노래 맞음? 중독성 미쳤고 사운드도 미쳤음.


태지 보이스에 열광하던 세대는 현재 한국 사회의 주축이 되어 있었고 그들은 엘시와 어울림을 향해 엄청난 성원을 보내고 있었다. 태지 보이스를 모르는 세대들도 WE TUBE에서 동영상을 찾아보거나 커버 영상을 올리기 시작했다. 세대 간에 소통과 함께 대화합이 벌어지는 신기한 현상이 벌어졌다.

그렇게 리메이크 앨범은 발매와 동시에 초특급 대박이 터져

버렸다. 퇴물이라고 평가를 받던 엘시는 다시 화제의 중심에 놓이게 되었다. 수십 년 전 태지 보이스에게 일어난 일들이 세월이 흘러 엘시에게 다시 벌어졌다.

"실장님, KBN 예능국인데요?"

"MBS 마소진 피디님이 연락하셨습니다."

"데일리 연예 뉴스 쪽에서 메일 확인해 달라는데요, 형님?"

공중파 방송과 연예 기자들, 그리고 잡지사를 비롯한 다양한 곳에서 연락이 쇄도했다. 손태명이 연락을 받으며 대응해 나갔다.

대표실로 전화가 이어졌다.

"네, 김현우입니다."

—마소진이에요. 잘 지내셨죠? 아니다. 잘 지내실 텐데 너무 상투적이었네요. 대표님, 엘시 컴백 무대 생각해 두셨죠?

"어느 정도는 생각해 두었습니다."

—단도직입적으로 부탁드릴게요. 이번 주 저희 프로 먼저 출연해 주시면 안 될까요?

"저 혼자 결정할 일이 아닙니다만."

엘시의 의견이 가장 중요했다. 때마침 엘시가 대표실 문을 열고 들어왔다.

"마침 왔네요. 통화해 보세요."

—네? 엘시 말씀하시는 건가요?

"그렇습니다."

현우가 엘시에게 수화기를 건네주었다.

"피디님, 안녕하세요? 엘시입니다!"

―엘시, 성공적인 컴백 축하해! 하늘을 날아갈 것 같은 기분이지?

"그럼요. 대표님 지금 제 앞에 앉아 계시거든요. 대표님이 예뻐 죽겠어요."

―어머, 나도 그런데?

엘시가 현우를 보며 눈웃음을 지었다. 두 사람의 전화 통화를 엿들으면서 현우는 피식 웃기만 했다.

―엘시, 우리 음악캠프에서 컴백하자. 무대 끝내주게 세팅해 줄게. 응?

엘시가 현우를 쳐다보았다.

현우가 알아서 결정을 내리라며 고개를 끄덕여 보였다. 이미 엘시와 아이들은 광풍을 불러일으키고 있었다. 어느 방송사 음악 프로에 먼저 출연을 하느냐는 중요하지 않았다. 급한 건 늘 그랬듯이 방송사 측이었다.

"피디님, 제나 이번 주에 음악캠프 스케줄 잡혔죠?"

―당연하지. 1위 후보인데.

"그래요? 잘됐다."

―응? 뭐라고 했어?

"아니에요, 피디님."

엘시가 웃고 있었다. 그것도 아주 사악한 미소였다.

*      *      *

MBS 공개홀로 밴 한 대가 들어섰다.

"엘시다! 엘시와 아이들이다!"

"어디?"

"저기 녹색 밴 안 보여? 어울림 엔터 밴이잖아!"

음악캠프 방청을 위해 줄을 서 있던 팬들이 어울림의 밴을 알아보고 몰려들기 시작했다. 엘시의 팬들과 i2i의 팬들까지 더해져 공개홀 현장은 아수라장이 되어버렸다.

"오랜만에 팬들을 보니 살아 있는 것 같은 기분이에요."

엘시가 유리창 너머 팬들을 보며 기뻐하고 있었다. 그간 팬들이 그립던 엘시이다.

'음?'

조수석에 앉아 있던 현우가 눈동자를 빛냈다. 제법 나이가 지긋해 보이는 여자 팬들이 꽤 보였다.

"다연 씨, 저기 저분들 보여요?"

"네, 보고 있어요. 선배님 팬들이시겠죠?"

"아마 그럴 겁니다."

태지 보이스의 골수팬들도 엘시와 아이들을 응원하기 위해 오랜만에 현장(?)을 뛰고 있었다. 이지수와 배하나도 신기한 얼굴로 중년의 팬들을 보고 있었다.

엘시를 위해 얼마 전에 구입한 밴 봉순이의 문이 열렸다. 우울증과 계약 파동 사건을 딛고 오랜만에 컴백한 엘시를 향해 격려와 환호가 쏟아졌다. 서로 좋아하는 가수나 아이돌은 달랐지만 엘시에게만큼은 팬들이 따뜻한 마음을 전하고 있는 것이다.

공개홀로 들어서기 전 엘시는 한동안 팬들을 눈에 담았다. 그리고 그 옆에는 현우가 함께였다.

*     *     *

엘시와 아이들의 대기실로 후배 아이돌의 방문이 계속해서 이어졌다. 엘시는 자리에 앉지도 못한 채 후배들의 인사를 받고 있었다.

"안녕하세요! 8인조 아이돌 소녀악단입니다!"

"안녕? 엘시야. 데뷔 언제 했어?"

"저, 저희 저번 달 초에 데뷔했어요!"

"그랬구나. 열심히 해. 잘될 것 같아, 너희들."

"감사합니다!"

신인 걸 그룹 멤버들이 엘시를 보며 감격에 겨워했다. 엘시도 소녀악단의 멤버들을 격려해 주었다. 소녀악단의 멤버들이 엘시의 사인을 비롯해 셀카까지 부탁해 왔다. 요즘 가장 인기가 많은 아이돌인 i2i의 이지수와 배하나도 인기 만점이었다.

현우 또한 유명 인사였다.

"김현우 대표님도 사인해 주세요. 셀카도 한 장 찍어주시고요."

"이럴 줄 알았으면 캔 커피 뽑아올 걸. 힝."

"캔 커피요? 그건 조금 그런데."

캔 커피 광고 이야기가 나오자 이지수와 배하나가 자꾸만 현우를 보고 킥킥대었다.

소녀악단에 이어 후배 아이돌의 발길이 끊이지 않았다. 네 팀이나 더 방문을 하고 나서야 대기실이 한산해졌다.

"다연 씨가 대단하긴 하구나."

"아이돌을 꿈꾸는 소녀들에게는 우리 다연 씨만 한 모델이 없을 겁니다, 대표님."

"인정. 그건 나도 인정."

고석훈은 자부심이 대단했다. 김은정도 고개를 끄덕거리고 있었다. 엘시는 생기가 넘쳤다. 큰 사건을 겪고 치료 중인 환자라는 생각이 도저히 들지 않을 정도였다.

"대표님~ 저 너무 행복해요. 이제 약 끊을까 봐요."

"다연 씨, 누가 들어요. 그런 이야기는 함부로 하는 게 아닙니다."

"뭐 어때요? 지금 같아서는 다 나은 것 같거든요~"

엘시의 들뜬 모습이 현우 역시 보기가 좋았다.

그러던 찰나 대기실 문이 열리고 불청객이 나타났다. 제2의 엘시라 불리며 혜성같이 등장한 Xena가 매니저 두 명과 함께 나타난 것이다.

어울림 엔터테인먼트 쪽 사람들과 S&H 쪽 사람들의 시선이 뒤엉켰다. 훈훈하던 대기실 분위기가 급격하게 얼어붙었다.

차마 들어오지는 못하고 대기실 문 앞에 서서 Xena가 엘시를 쳐다보고 있었다. 실제로 Xena를 보는 건 처음이다. 현우는 차분하게 Xena를 살펴보았다.

이솔과 동갑내기인 열일곱 살의 소녀는 미국과 한국의 혼혈답게 빼어난 외모를 가지고 있었다. 피지컬도 i2i의 센터인 배하나에게 전혀 밀리지 않았다. 어디 그뿐인가. 춤도 i2i의 메인댄서 이지수와 비견될 정도였다. 보컬적인 능력도 탁월했다. 흔히 말하는 사기 캐릭터라고 말할 수 있었다.

'이런 애들이 걸즈파워 2기를 준비하고 있다는 소리지?'

문득 i2i의 호적수가 될 것 같다는 예감이 들었다.

길게만 느껴지던 정적을 뚫고 엘시가 자리에서 일어났다.

"하이~ 헬로~ 안녕?"

웃고는 있었지만 엘시의 눈동자에 독기가 어려 있었다. 매니저 두 명은 차마 엘시를 쳐다보지도 못했다.

"건강해 보여서 다행이에요. 잘 지내셨죠?"

Xena가 밝은 얼굴로 인사했다. 고단수였다. 하지만 엘시가 한 수 더 위였다. 대기실 문 앞까지 걸어간 엘시가 Xena의 손을 잡았다.

"그룹 활동 전에 솔로 활동부터 해서 많이 힘들지?"

"아니에요. 재밌어요, 선배님."

"생각보다 씩씩하네. 무대에 오르면서 어려운 건 없었니?"

"네?"

"이쪽으로 앉아볼래?"

엘시가 Xena의 손을 이끌고 대기실 소파에 앉혔다. 그리고 테이블 위에 놓여 있는 노트북 전원을 켠 다음 동영상 하나를 재생시켰다.

S&H 매니저들의 얼굴이 굳어버렸다. 동영상을 재생시키자 연습실 속 엘시의 모습이 보였다. Xena가 들고 나온 데뷔곡 'I Want You'가 흘러나왔다.

"내가 만든 안무 초기 버전이야. 활동하면서 회사에서 살짝 안무를 바꾼 것 같던데, 내 생각에는 초기 버전이 훨씬 낫거든. 호흡 배분도 훨씬 편해."

"……."

"이 부분에는 왼쪽 발목을 축으로 해서 힘을 조금 주는 게 좋아. 너 계속 그렇게 춤추면 발목 상해. 나처럼."

"……."

"금발로 탈색을 하고 나를 따라 하는 건 좋았어. 하지만 머리가 길면 의상이 가려지잖아. 그 의상, 내가 투어 다니면서 프랑스 유명 디자이너한테 특별히 의뢰한 거야. 가슴 쪽 문양을 보여줘야 한다고. 통풍은 잘되니? 싸구려 재질로 대충 만들었네. 하긴 S&H에서 그런 세세한 걸 신경 써줄 리가 없지."

"……."

겉으로만 보면 선배인 엘시가 후배인 Xena에게 친절하게 조언을 해주는 것 같았다. 하지만 실상은 달랐다. 엘시는 Xena와 S&H 앞에서 '이 앨범의 콘셉트와 안무는 원래 내가 만든 내 것이었다. 너희들은 내 걸 베낀 것뿐이다'라며 빅 엿을 먹이고 있었다.

이지수와 배하나도 잔뜩 얼어붙어 있는 마당에 Xena의 표정이 좋을 리가 없었다. 표정이 점차 흔들리기 시작했다. 아니, 흔들리다 못해 붉어지기까지 했다.

"미안. 내가 설명이 길었네. 근데 어떻게 해. 하나부터 열까지 내 눈에는 아쉬운 게 너무 많이 보이는데. 회사에 건의해봐. 뭐 네 건의 사항을 들어줄지는 모르겠지만. 아 참, 너 계약서는 제대로 봤니? 조심해. 아니면 언니처럼 진짜 크게 고생해. 우리 대표님 아니었으면 나 진짜 손목 그었을걸."

Xena는 꿀 먹은 벙어리처럼 아무런 말도 하지 못하고 있었다. 뒤늦게 대기실을 찾아온 이석우 실장의 얼굴이 시커메져 있다.

"고생해. 힘들거나 속상한 일 있으면 언니한테 바로 전화하고."

"다연아, 그만해."

이석우 실장이 Xena를 일으키며 말했다. 엘시가 독기 어린 눈동자로 이석우 실장을 똑바로 쳐다보았다.

어느새 다른 기획사 소속의 매니저들이 복도에 서서 구경하고 있었다.

"제가 뭘요? 후배한테 뼈가 되고 살이 되는 조언을 해준 것뿐인데요."

"왜 이렇게 변한 거냐? 대체 왜 그러는 거야? 아무리 끝이 좋지 않았어도 S&H는 네 시작점이었어. 이런 태도는 옳지 않다."

엘시의 입꼬리가 한쪽으로 올라갔다.

"눈 가리고 아웅 하세요, 지금?"

"다연아!"

"전 다 잊고 강원도에서 지내고 있었어요. 그런데 S&H에서 어떻게 했죠? 제나 앨범, 원래 제가 낼 솔로 앨범이었어요. 안무, 곡, 의상, 메이크업, 앨범 재킷 등 제가 2년 동안 준비한 모든 것을 다 가져갔잖아요? 네, S&H에서 나왔으니까 이해할 수 있어요. 근데 언론 플레이하셨잖아요! 저 깎아내리셨잖아요! 그리고 우리 대표님이랑 식구들 건드리셨잖아요! 그런데 저보고 변했다고 말씀하실 자격 있으신가요? 제가 생각하기엔 전혀 없는 것 같은데요?"

엘시가 시퍼렇게 눈을 뜨며 독기를 뿜어내고 있었다. 복도로 모인 기획사 관계자들이 S&H 쪽 사람들에게 곱지 않은 눈길을 보내고 있었다.

현우가 엘시의 앞을 가로막았다.

"할 이야기 더 없으면 나가주시겠습니까?"

뒤늦게 곱지 않은 시선을 느낀 매니저들이 허둥지둥했다.

"……"

이석우 실장은 침중한 표정으로 엘시를 쳐다볼 뿐 말이 없었다. 결국 이석우 실장은 매니저들과 함께 대기실을 나섰다.

Xena만이 홀로 우두커니 서 있었다. 엘시가 다가가자 Xena가 주춤 뒤로 물러섰다.

"서, 선배님?"

"언니가 조언 하나 해줄게. 다 가진 것 같지? 아니야. S&H랑 계약한 이상 넌 돈 버는 기계 그 이상, 그 이하도 아니야.

회사를 믿지 마. 믿을 건 너뿐이야. 이제 시작이니까 멘탈 잘 챙겨. 네가 나처럼 잘 견디길 바랄게."

충격을 받은 Xena가 손을 떨었다.

"리허설 준비해 주세요!"

그때 조연출 한 명이 급히 뛰어오며 말했다.

"대표님, 우리 리허설 가요. 지수랑 하나, 준비됐지?"

"네, 선배님!"

이지수와 배하나가 동시에 대답했다.

"그럼 수고해. 조금 이따가 무대에서 보자."

엘시가 Xena의 곁을 스쳐 지나갔다.


"왜 이렇게들 많이 온 거지?"

리허설을 위해 무대에 올라가 있던 배하나가 살짝 당황한 기색을 내비쳤다. 무대 아래로 족히 수십 명은 되는 인원이 몰려와 있었다. 아니, 이번에 음악캠프에 출연하거나 관계된 모든 사람이 구경을 와 있었다. i2i 활동을 하면서 리허설 무대에 많이 서왔지만 이런 경우는 처음이다.

옆에 서 있던 이지수가 배하나의 목에 팔을 걸었다.

"엘시 선배님 복귀 무대잖아. 궁금해서 그럴걸?"

"뭐가 궁금한데?"

"바보야, 그동안 선배님한테 이런저런 일이 많았잖아."

"무슨 일? 아얏!"

이지수가 결국 배하나에게 꿀밤을 먹였다. 그러고는 배하나의 귀를 잡아끌었다. 그리고 속삭였다.

"우울증 문제도 있었고 발목 안 좋다는 말도 많았잖아."

"응."

대답만 할 뿐 배하나는 이해를 하지 못하고 있었다.

"그러니까 진짜 선배님의 상태가 멀쩡한지 궁금한 거야. 알았어?"

"와아, 나쁘다. 우리 선배님 멀쩡해!"

"바보야, 조용히 말해!"

이지수가 푹 한숨을 내쉬었다. 그사이 엘시가 무대로 올라왔다.

"둘이 무슨 이야기를 그렇게 하고 있어?"

"선배님, 저랑 지수 진짜 열심히 할게요! 우리 선배님 멀쩡하다고 여기 있는 사람들한테 다 보여줄 거예요!"

엘시는 배하나를 보며 조용히 미소 지었다. 눈치가 빠른 엘시였다. 이지수와 배하나가 어떤 이야기를 하고 있었는지, 그리고 무대 아래 지켜보고 있는 사람들이 무슨 생각을 하는지 이미 다 알고 있었다.

엘시의 시선이 무대 아래로 향했다. 수많은 사람이 의심 섞인 시선을 보내오고 있었다. 그리고 이제는 탑 아이돌 엘시가 건재함을 증명할 차례였다.

"엘시와 아이들! 리허설 준비되셨죠?"

확성기를 들고 조연출이 소리를 쳤다. 엘시가 고개를 끄덕거리며 OK 사인을 보냈다. 그리고 리허설 무대가 시작되었다.

사람들의 시선이 무대로 집중되었다. 웅장한 전주와 함께 엘시와 이지수, 배하나가 무대를 선보이기 시작했다.

우울증이 심하다던 엘시는 걸즈파워로 활동하던 그때의 모습 그대로였다. 보는 이를 매료시키는 특유의 매력을 뿜어내고 있었다. 그뿐만이 아니었다. 고질적인 발목 문제도 찾아볼 수가 없었다. 이지수와 배하나처럼 고난도의 안무도 무리 없이 소화해 내고 있었다.

"엘시 멀쩡한데?"

"그러니까 증권가 찌라시는 믿을 게 못 된다니까요."

처음에는 의심의 눈초리를 보내오던 사람들이 점점 놀란 얼굴을 했다. 항간에 떠돌던 엘시 재기 불능설이 그저 헛소문이었음을 자각하기 시작한 것이다.

리허설 무대가 끝이 나자 동료 가수와 후배 가수들을 비롯해 기획사 관계자들이 뜨거운 박수를 보냈다. 이석우 실장을 비롯한 S&H 쪽 관계자들만 웃지 못하고 있었다.

후배 가수들의 뜨거운 환호를 받으며 엘시가 현우에게 다가갔다.

"수고했어요, 다연 씨. 지수랑 하나도 수고했다."

"대표님, 저 완벽하게 돌아온 것 같죠? 그렇죠? 네?"

오랜만에 무대에 선 엘시는 생기가 넘쳤다. 현우가 쓴웃음을 머금었다.

"오히려 지금이 전성기인 것 같습니다."

진심이었다. 걸즈파워 때와는 다른 원숙미가 느껴졌다.

"그럼 저 병원 치료 이제 그만 받아도 될까요? 약도 끊고?"

"아직은 안 됩니다."

"아~ 안 통하네. 대표님 의외로 단호한 거 아세요?"

"네, 압니다."

"사기당한 것 같아요."

엘시가 볼을 부풀렸다. 현우가 피식 웃었다.

"저도 마찬가지입니다. 고분고분 말 잘 듣는 줄 알았는데 이거 영 힘든데요?"

"전 엘시니까요."

엘시가 환하게 웃었다.


*            *            *


생방송이 시작되었다. 현우는 엘시와 함께 대기실에서 다른 아이돌과 가수들의 무대를 지켜보고 있었다.

그리고 이번 주 1위 후보인 Xena의 순서가 다가왔다.

"다연 언니, 저 아이 괜찮을까요? 멘탈 깨진 것 같던데."

김은정이 말했다. 무대를 지켜보고 있는 엘시는 표정의 변화가 거의 없었다. 그리고 김은정의 짐작은 사실이 되었다.

Xena는 실수를 연발했다. 음정도 불안했고 고음 부분에서는 음 이탈 현상도 벌어졌다. 안무도 전체적으로 크게 흔들렸다.

'아직 어리긴 어리구나.'

그간 TV를 통해 지켜본 Xena는 당당하고 강해 보였다. 하지만 엘시를 만났기 때문일까. Xena 스스로 무대를 망치고 있었다.

현우는 연예 기획사 대표로서 내심 안타까운 마음이 들었다. 하지만 엘시는 달랐다. 다리까지 꼬고 차가운 표정으로 Xena의 무대를 감상하고 있었다. 확실히 엘시는 독한 구석이 있었다.

'충분히 그럴 만도 하지.'

S&H와는 악연인 엘시였다.

방송 사고로까지 비춰질 정도로 처참한 무대가 끝이 났다. 무대 준비를 위해 현우는 엘시와 아이들을 데리고 복도로 나섰다.

매니저들과 함께 Xena가 맞은편 복도에서 걸어오고 있었다. 무대를 망친 Xena의 표정이 어두웠다. 그러다 엘시와 눈이 마주쳤다.

엘시가 슥 차가운 눈길을 한번 주고는 Xena를 스쳐 지나갔다. 그사이 소녀악단이 무대를 마치고 내려왔다.

"선배님, 저희 무대 어땠어요?"

소녀악단 멤버 중 한 명이 엘시의 팔을 잡고 흔들었다.

"우리 다음으로 최고?"

"진짜요?"

"아니, 뻥."

"아, 선배님!"

엘시가 소녀악단 멤버들과 장난을 쳤다.

'호불호가 확실한 성격이구나.'

현장에서 같이 일하기는 이번이 처음이다. 송지유는 대체적으로 타인에 대해 무관심했지만 그 본성은 따듯하고 착한 아이였다. 하지만 엘시는 정반대였다. 살갑고 밝아 보였지만 내 사람과 내 사람이 아닌 사람의 구분이 확실한 성격임을 현우는 파악했다.

"다녀오겠습니다, 대표님!"

"그래요. 다녀와요."

엘시와 아이들이 무대 위에 올라섰다. 엘시의 복귀 무대다웠다. 음악캠프를 찾은 수많은 팬이 아낌없는 환호성을 보내주었다.

$*$      $*$      $*$

[엘시, MBS 음악캠프를 통해 컴백! 1위 달성!]

[Xena, 결국 엘시에게 1위 자리 넘겨줘.]

[엘시는 엘시다. 탑 아이돌 엘시 컴백과 동시에 1위!]

[리메이크 앨범, 음원 차트에 이어 음악 방송도 접수!]

기사들이 쏟아졌다. 엘시는 Xena로부터 1위 자리를 빼앗았다. 그 어떠한 수식어도 필요 없는 완벽한 복귀였다.

음악캠프 스케줄을 마무리하고 초록색 밴이 도로를 달리고 있다. 창문으로 새어들어 오는 저녁노을을 엘시는 멍하니 바라보고 있었다.

현우는 백미러로 엘시를 지켜보고 있었다. 평온하던 강원도 생활을 벗어나 오랜만에 감정적으로 큰 변화의 폭을 보였기 때문일까.

화려한 컴백이었고 S&H와 Xena에게서 1위의 자리를 찾아왔지만 엘시는 축 처져 있었다. 우울증 특유의 증세가 엿보였다.

백미러를 통해 이지수, 배하나와 시선이 마주쳤다. 현우는 조용히 손가락을 입으로 가져갔다. 이지수와 배하나가 고개를 끄덕이며 엘시를 위해 최대한 말을 아꼈다.

'엘시는 우리 어울림 사람들과는 사는 세계가 달라.'

현우는 엘시를 통해 많은 것을 배우고 있었다. 엘시는 어릴 적부터 정상에 올라 있는 탑스타였다. 오늘 음악캠프 대기실에서 보여준 독기 어린 모습은 현우로서도 생소했다.

'하지만 그렇지 않았으면 이 연예계 생활을 견뎌내지 못했겠지.'

안타까웠다. 도저히 스물한 살로 느껴지지 않았다. 세 살밖에 차이가 나지 않는데도 이지수와 배하나가 어린아이로 느껴질 정도였다.

"대표님."

엘시가 창밖을 보며 문득 현우에게 말을 걸어왔다. 현우는 얼른 다시 백미러를 쳐다보았다.

"네. 말해요."

"오늘 제 본모습을 보셨는데, 실망하셨죠?"

"아뇨."

"에이~ 거짓말. 유나랑 멤버들은 저보고 독한 년이래요."

무언가 자조 섞인 말투에 현우는 쉽사리 대답할 수가 없었다. 그저 조용히 듣고만 있었다.

"제나 그 아이, 지금 울고 있을까요? 계속 신경 쓰여요. 나

원래 이렇게 약하지 않았는데 아파서 그런 걸까요?"

밴 안으로 침묵이 감돌았다. 운전대를 잡고 있던 고석훈이 잠시 차를 갓길에 세웠다.

"죄송합니다, 대표님. 잠깐 차를 세웠습니다."

고석훈이 꾸벅 고개를 숙였다. 그리고 뒤돌아 엘시를 쳐다보았다.

"다연 씨, 이거 기억나십니까?"

엘시가 물끄러미 고석훈을 쳐다보았다. 고석훈의 손에 낡고 오래된 전자 핫팩이 쥐어 있다.

"작년 겨울 S&H에 입사해서 걸즈파워 로드를 맡게 되었을 때 선물로 받은 겁니다. 겨울에 운전하다 보면 손이 차가워진다고 말입니다."

"유나가 준 건가요?"

"아닙니다. 다연 씨가 준 겁니다."

고석훈이 얼굴을 붉혔다.

"지금까지 쭉 잊지 않고 있었습니다. 다연 씨는 좋은 사람입니다. 그, 그러니까 자책하지 마십시오."

낯부끄러운 나머지 고석훈은 말까지 더듬고 있었다. 어두운 표정을 하고 있던 엘시가 그나마 좀 밝은 얼굴을 했다.

"위로해 주셔서 감사합니다, 석훈 오빠."

"오, 오, 오빠요?"

"네. 오빠잖아요."

"그, 그, 그렇긴 한데요."

S&H에 있을 때는 연예인과 매니저 간의 거리가 명확했다. 어울림처럼 가족 같은 분위기가 아니었다. 누구든지 철저하게 직함으로 불렀다. 오빠라는 소리는 엘시로부터 1년 만에 듣는 호칭이다.

고석훈이 귀까지 새빨개졌다. 그리고 부끄러워 어쩔 줄 몰라 했다. 하지만 성과는 있었다. 축 처져 있던 엘시가 기운을 차렸다.

"죄송해요, 대표님. 대표님이랑 우리 어울림 식구들이 발 벗고 나서서 리메이크 앨범도 만들어주고 솔로 앨범도 만들어 줬는데 제 기분만 생각한 것 같아요. 지수랑 하나한테도 미안해."

"아니에요, 언니. 언니가 시키는 거면 다 할 수 있거든요. 저 언니 아니었으면 폭력 일진 불량 학생 되어 있었을 거예요. i2i 데뷔도 못 하고 지금쯤 배하나 같은 바보 삥 뜯으면서 지내고 있겠죠."

"나 바보 아니야!"

"알았어, 바보야."

"이씨! 절벽!"

"야, 인신공격은 하지 말자!"

이지수와 배하나를 보며 현우가 피식 웃었다. 만약 폭력 루머 동영상 사건 때 엘시의 도움이 없었더라면 이지수는 지금 이 자리에 없을 게 분명했다.

"그만~ 그만~"

엘시가 이지수와 배하나를 중재했다.

"너 다연 언니 아니었으면 죽었어!"

"밥만 먹고 힘만 세가지고!"

같은 S&H 출신인 이지수와 배하나는 사석에서는 엘시를 편하게 대했다.

"아~ 오글거려. 갑자기 이게 뭐예요? 석훈 오빠 새빨간 거 봐. 홍익인간도 아니고. 오징어덮밥 좋아해요, 혹시?"

김은정의 말에 엘시가 또 킥킥 웃었다. 이지수와 배하나도 킥킥 웃어댔다. 평소처럼 무뚝뚝한 경상도 남자로 돌아온 고석훈은 언제 그랬냐는 듯 입을 다물고 있었다.

"그럼 훈훈하게 마무리된 것 같으니까, 석훈아, 가자."

"네, 대표님."

"아 참, 혼자 집으로 돌아가면 적적할 것 같아서 사람을 좀 불렀습니다."

"누구누구요?"

"지유랑."

"내가 좋아하는 후배님 지유? 또 누구누구 와요?"

"정우 형님 가족도 지금쯤 도착했을 겁니다."

"네?!"

엘시가 깜짝 놀랐다. 생각하지도 못한 배려였다.

"가, 가게는요?"

"하루 이틀 문 닫는다고 뭐 어떻게 되겠습니까? '1위 축하 파티가 더 중요한 법이죠'라고 정우 형님이 말씀하셨는데요?"

"수연이도 오는 거죠?"

"네, 그렇습니다."

"와~ 대박!"

엘시가 신이 나 발을 동동 굴렀다. 김정우 가족은 엘시에게 있어서 친가족이나 마찬가지인 사람들이었다.

＊　　　＊　　　＊

엘시의 집은 서초동에 있는 고급 아파트였다. 걸즈파워로 오랜 기간 활동한 엘시는 재산이 제법 많았다.

아파트 7층에 내리자 엘시가 서둘러 비밀번호를 누르고 문을 열었다.

"자, 잠깐만요. 이상한 거 없나 보고 올게요."

"이상한 거요?"

"네. 속옷 같은 거."

현우의 시선이 김은정에게 향했다.

"너 다연 씨한테 그때 그 일 얘기했어?"

"헤헤, 그게 말이죠, 대표님."

"불리할 때만 대표님이냐? 하아, 진짜 김은정, 배신감 느낀다. 그때는 유희 씨 이사 돕다가 그런 거였어."

"다연 언니도 드립 친 거잖아요. 하여간 지유나 오빠한테는 농담을 못 해. 둘이 똑같아."

"아무튼 나중에 심도 있게 대화 좀 하자."

그사이 엘시가 다시 문을 열었다.

"이상 무! 들어오세요!"

현우는 엘시의 집으로 들어갔다. 혼자 사는데도 집 크기가 족히 60평은 되어 보였다. 방도 다섯 개나 되었고 화장실도 세 개나 있었다.

"집 좋은데요?"

"썰렁하지 않아요? 가구도 별로 없고 해서."

"좋네요. 심플한 게."

그때 벨이 울렸다. 김정우 가족이었다.

"왔다!"

엘시가 달려가 문을 열었다.

"언니!"

"수연아!"

엘시의 품으로 김수연이 폴짝 안겼다.

"생각보다 빨리 오셨습니다, 정우 형님."

"버스표까지 예매해 주셔서 덕분에 편하게 왔습니다."

"감사합니다, 대표님."

김정우와 최미선이 현우에게 고마워했다. 그리고 때마침 송지유도 나타났다.

"지유야!"

엘시가 김수연을 안은 채로 송지유를 반겼다.

"안녕하세요, 선배님. 오늘 1위 축하드려요."

"응. 고마워. 여기는 정우 오빠랑 미선 언니, 내 조카 수연이."

"안녕하세요, 송지유입니다. 수연이도 안녕?"

최미선과 김수연이 송지유에게서 눈을 떼지 못했다. 송지유의 실물을 처음 보는 사람들의 한결같은 반응이다.

"왔어?"

"네. 근데 그건 뭐야?"

"이거요? 할머니가 먹을 것 싸주셨어요."

"그래? 다행이네."

"뭐가요?"

송지유가 물었다. 현우는 차마 유부초밥일까 걱정했다는 말을 할 수 없었다.

옆에서 듣고 있던 엘시가 반색했다.

"우와! 지유야, 할머님한테 고맙다고 꼭 말씀드려!"

"네, 선배님."

송지유의 할머니가 챙겨준 음식들로 저녁 식사를 했다. 식사 내내 엘시의 얼굴에서는 웃음이 떠나지 않았다.

"정우 오빠, 우리 대표님 좀 도와주면 안 될까요? 미선 언니도 많이 건강해졌잖아요. 수연이도 곧 학교 다녀야 하고."

식사 도중 엘시가 말을 꺼냈다. 현우의 시선이 김정우에게로 향했다.

엘시에게 들어서 김정우의 이력은 잘 알고 있었다. 걸즈파워는 1집 싱글 앨범이 큰 실패를 하면서 폐기 처분 될 뻔한 적이 있었다. S&H에서 지원을 줄였지만 열악한 상황에서도 걸즈파워를 9주 연속 1위의 자리에 올려놓은 사람이 바로 매니지먼트 1팀 팀장 출신의 김정우였다.

얼마 전에 새 직원들을 영입했지만 어울림에는 김정우 같은 경험 있고 능력 있는 사람이 더 필요했다. 특이하게도 보통 기획사 대표들과 다르게 현우는 현장이 더 적성에 맞았다. 그래서 대부분의 안살림은 손태명 홀로 꾸려 나가고 있었다.

'확실히 태명이도 일이 줄긴 할 텐데 말이야.'

김정우가 S&H를 나오지 않았더라면 지금쯤 이석우 실장과 어깨를 나란히 했을 것이란 생각이 들었다.

"음, 나 혼자서 결정할 일은 아닌 것 같다, 다연아."

"미선 언니는 어떻게 생각해요?"

"난 다연이 의견에 찬성이야. 알다시피 정우 씨가 요리에는 재능이 없잖아?"

무심코 현우의 시선이 송지유에게로 향했다. 송지유가 고개를 갸웃했다.

"으음, 곤란한데……."

김정우가 미간을 찌푸렸다. 현우에게 폐를 끼친다는 생각이 들었기 때문이다.

"대표님 생각은 어떠세요?"

엘시가 현우에게 물어왔다.

"저야 정우 형님이 도와주신다면 당연히 좋죠."

현우는 엘시의 배려가 고마웠다. 엘시가 합류하면서 확실히 일이 늘어난 건 사실이다.

"정우 형님, 저희 어울림 엔터테인먼트랑 함께 가시죠. 그렇지 않아도 A팀, B팀을 신설하려는 참이었습니다. B팀을 맡아주셨으면 좋겠습니다."

"여보, 그렇게 해요. 흔치 않은 기회예요."

최미선도 거들었다.

"아빠, 그러면 수연이는 여기서 다연 언니랑 살 테니까 아빠랑 엄마는 옆집에 살면 안 될까? 응?"

김정우는 결국 피식 웃어버렸다. 아내 최미선과 딸 수연이, 그리고 가족이나 다름없는 엘시까지 이미 다 결정을 내린 상황이다. 그리고 엘시가 힘든 시간을 거쳐 공백을 깨고 복귀했다. 예전처럼 가만히 보고만 있을 수는 없었다.

무엇보다 젊은 대표에게 고마웠다. 아낌없는 투자로 리메이크 앨범을 제작해 주었고 엘시의 위상을 지켜주었다.

"하아, 그럼 답은 정해졌군요. 잘 부탁드리겠습니다, 김현우 대표님."

"예, 김정우 실장님. 잘 부탁드리겠습니다."

실장이라는 말에 김정우의 가족들과 엘시의 눈동자가 휘둥그레졌다. 팀장도 아닌 실장이었다. 파격적인 대우였다.

\* \* \*

저녁 식사를 마치고 현우는 엘시의 개인 서재에서 김정우와 차를 마시고 있었다. 그는 걸즈파워를 가요계의 정상에 올려놓은 인물다웠다. 오랜 시간 연예계를 떠나 있었음에도 연예계의 동태를 잘 파악하고 있었다.

"현우 씨, 앞으로 어울림이 굳건하게 자리를 잡으려면 전문 인력이 더 필요할 겁니다."

"알고 있습니다. 음향이나 무대 장치 쪽 엔지니어들을 비롯해 회사에 필요한 전문 인력을 고용할 계획입니다."

"아낌없는 투자는 꼭 몇 배의 결실을 맺을 겁니다. 그런데 말입니다. S&H에서 조만간 걸즈파워 2기를 선보일 겁니다."

"네. 염두에 두고 있습니다."

김정우가 차를 입으로 가져갔다.

"걸즈파워 2기 멤버들은 엘시도, 저도 잘 아는 아이들입니다. 제나 그 아이, 사실은 제가 발굴한 아이거든요."

"그렇습니까?"

현우는 놀라면서도 김정우의 안목에 또 놀랐다. 비록 Xena가 엘시에게 1위 자리를 내주기는 했지만 요즘 들어 엄청난 인기를 끌고 있었다. 그리고 아직 열일곱 살 소녀로 현우가 보기에 잠재력이 무궁무진했다.

"걸즈파워 2기 멤버들도 모두 제나 못지않습니다."

"그렇군요."

"i2i가 일본 활동을 시작할 때쯤 S&H에서 걸즈파워 2기를 세상에 선보일 겁니다."

현우는 고개를 끄덕였다. 송지유와 i2i의 공백기에 Xena가 데뷔했듯이 어울림 엔터테인먼트 소속 연예인들의 휴식기에 걸즈파워 2기를 데뷔시킬 가능성이 농후했다.

"하지만 말입니다. 아직 끝난 게 아닙니다."

"끝난 게 아니라면?"

"리메이크 앨범과 별도로 곧 다연 씨 오리지널 솔로 앨범을 발매할 생각입니다."

현우는 극비로 숨겨온 엘시의 솔로 앨범 이야기를 꺼냈다. 김정우의 입가로 진한 미소가 지어졌다.

"철저하시군요."

"끝날 때까지 끝난 게 아니다."

현우는 잠시 말을 쉬었다가 다시 입을 열었다.

"갑자기 그 말이 떠오르네요."

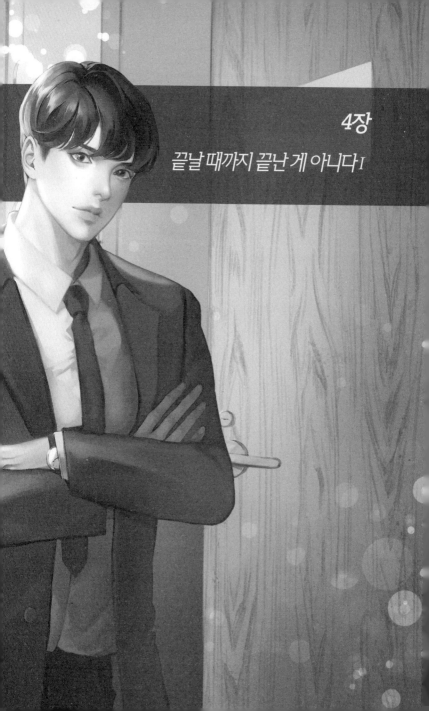

4장

끝날 때까지 끝난 게 아니다 I

엘시의 리메이크 앨범 'reboot&19920411'은 대중과 음악 평론가들에게 더욱 큰 사랑을 받기 시작했다. Xena는 MBS 음악캠프에서 실수를 연발하며 논란이 있긴 했지만 다음 날 SBC의 음악 방송을 특집 무대로 꾸미며 실수를 만회했다.

엘시는 컴백과 동시에 공중파 방송 3사의 음악 프로에서 1위를 거머쥐었다. 성공적인 재기라는 평이 쏟아졌다. 하지만 Xena의 팬덤도 규모가 만만치 않았다. 1세대 아이돌을 배출한 S&H인 만큼 그 소속 연예인들에게 애착을 가지는 팬도 제법 많았다. 연일 엘시와 Xena에 대한 기사가 연예 1면을 장식하는 상황이 벌어지고 있었다.

"음, 용호상박인데……"

현우는 핸드폰으로 음원 차트를 확인하고 있었다. 공중파 방송에서 엘시가 Xena보다 우위를 점하고 있다면 음원 차트는 상황이 또 달랐다. 한 시간 간격으로 1위 자리를 놓고 엘시와 Xena가 엎치락뒤치락 치열하게 다투었다.

'솔로 앨범을 하루빨리 발매해야 하는데 말이야.'

엘시의 솔로 앨범도 이제 마무리 단계에 접어들었다. 솔로 앨범이 발매되면 Xena와의 치열한 싸움도 끝낼 수 있을 것이라고 현우는 생각하고 있었다.

철컥.

그때 문이 열리며 백선혜, 백선호 남매가 차에 올라탔다.

"삼촌!"

"그래, 선호야. 선혜도 잘 지냈고?"

운전석에 앉아 있던 현우는 뒤로 몸을 돌렸다. 그리고 남매를 살펴보았다. KBN의 다큐 '희망'에 출연한 이후 현우와 송지유는 남매와 꾸준하게 만나고 있었다. 몸이 허약한 백선호는 그간 보기 좋게 살이 올라 있었다. 백선혜도 그늘이 많이 사라지고 또래 여고생 같은 느낌이 났다.

"미안. 너무 오랜만에 만나지, 우리?"

"그래 봤자 한 달인데요, 삼촌. 삼촌은 살 빠지신 것 같아요. 속상하다."

백선혜가 현우를 살펴보다 안쓰러운 얼굴을 했다. 일본과 미국 출장을 연달아 소화한 현우이다.

"선혜가 삼촌 걱정도 해주고 고맙네. 당분간은 그렇게까지 바쁘지 않을 거야. 그러니까 걱정 마."

철컥.

뒷문이 다시 열렸다. 송지유였다. 편의점 봉지에서 송지유가 아이스크림을 꺼냈다. 백선호가 아이스크림을 반겼다.

"오빠도 하나 먹어요."

"오케이."

아이스크림을 먹느라 차 안이 잠시 조용해졌다. 송지유가 뒷좌석에 숨겨놓은 쇼핑백을 꺼냈다.

"언니?"

"너희들 옷 좀 샀어. 같이 가서 살 수 있었으면 좋았을 텐데, 미안."

송지유가 더 아쉬워했다. 모자를 쓰거나 목도리로 얼굴을 가려도 가는 곳마다 사람들이 알아보는 까닭에 몸이 약한 백선호를 데리고 쇼핑을 하는 건 무리였다.

"감사합니다, 언니."

쇼핑백을 받아 든 백선혜가 꾸벅 인사했다.

"꺼내봐. 궁금하네."

"나중에요. 사실 아까워요, 삼촌."

"아깝기는."

"지유 언니가 사준 거니까요."

백선혜는 여전히 쇼핑백을 꼭 쥐고 있었다.

*　　　*　　　*

하얀색 SUV가 마포구에 위치한 송지유의 아파트 단지로
들어섰다. 다큐 '희망'을 촬영하면서 한동안 송지유의 집에 머
물던 아이들이다. 송지유의 외할머니 김윤희와 동생 송유라
를 보자마자 아이들이 반가움에 와락 달려들었다.

"할머니!"

"오냐오냐, 내 새끼들!"

김윤희가 남매를 따뜻하게 맞아주었다. 집 안으로 들어오
니 거실엔 상다리가 부러질 만큼 많은 음식이 차려져 있었다.
육해공을 포함해 없는 음식이 없었다.

"뭘 이렇게 많이 차리셨어요, 할머님?"

"현우 네가 왔는데 이 정도는 차려야지."

"저도 도와 드렸으니까 너무 걱정 마세요, 오빠."

송유라의 말에 현우는 그나마 안심했다. 그러다 문득 궁금
한 게 생겼다.

"유라야, 지유도 음식 하는 거 도와 드렸나?"

송지유는 백선호의 손을 씻기러 화장실에 간 상태였다. 송
유라가 화장실 쪽을 한번 쳐다보더니 현우에게 조용히 속삭
였다.

"저 미치지 않았어요."

"오케이."

현우와 송유라는 서로를 보며 의미심장한 미소를 나누었
다.

식사가 시작되었다. 김윤희는 현우를 억지로 상석에 앉혔
다. 그리고 언제나 그렇듯 현우 앞으로 각종 보양 음식이 산더
미처럼 쌓여갔다.

"할머니, 체하겠어요."

"지유야, 난 괜찮은데?"

현우는 양 볼이 터져라 음식을 먹고 있었다.

"지유야, 현우가 괜찮다고 하잖니. 현우 살 빠진 거 보렴."

"할머니, 오빠 배 터질 것 같아서 그래요."

"그러니까 왜 회사 대표를 뉴욕까지 오라 가라 한 거니?
응?"

김윤희가 송지유를 나무랐다.

"할머니, 큰손녀는 나예요. 매번 오빠 편만 들고."

송지유가 볼멘소리를 했다. 반면 현우는 입꼬리가 절로 올

라갔다. 무서울 것이 없는 송지유였지만 할머니에게만큼은 그저 스무 살 손녀일 뿐이었다.

"지금 웃어요?"

"어? 어."

"어? 어라고 했어요?"

"응. 왜?"

현우도 이 집에서만큼은 송지유보다 위에 있었다. 무서울 것이 없었다.

"내일 회사에서 두고 봐요."

"할머님, 지유랑 내일 회사로 같이 오세요."

"그럴까?"

"할머니!"

송지유가 현우를 노려보았다. 하지만 김윤희는 아랑곳하지 않고 현우를 더 챙겼다.

저녁 식사를 마치고 나자 송유라와 백선혜가 과일을 깎았다. 현우는 커피를 마시며 노트북을 들여다보고 있었다.

[오늘 밤 9시, 송지유표 예능 '차가운 도시의 법칙' 첫 방송!]
[뉴욕 올 로케 SBC의 야심작 '차가운 도시의 법칙' 방송!]
[국민 소녀 송지유, 영화 출연 후 공백 깨고 첫 단독 예능?]

벌써 기사가 포털 사이트를 장식하고 있었다.

뉴욕을 찾은 한국 관광객들을 통해 인터넷 커뮤니티에 사진이 돌아다니는 바람에 송지유가 뉴욕에서 예능 프로그램을 준비 중이라는 소문이 파다하게 퍼져 나갔다.

철저하게 보안에 신경 쓰며 촬영을 진행하던 제작진의 우려는 당연했다. 하지만 송지유의 팬들다웠다. 오히려 인터넷 커뮤니티에 퍼져 나간 사진 덕분에 '차가운 도시의 법칙'은 방송을 시작하기도 전에 큰 홍보 효과를 얻게 되었다.

송지유는 첫 방송을 앞두고 '차가운 도시의 법칙' 작가들과 코코넛 톡을 주고받았다. 하지만 현우는 송지유처럼 마냥 마음이 편하지만은 않았다.

송지유의 뉴욕 로케 예능 프로그램에 대해 불만을 가지고 있는 대중도 존재했다.

"벌써 댓글을 달았네."

현우는 슬쩍 대중의 반응을 살펴보았다. 기대가 된다는 반응이 압도적으로 많았지만 세상사가 늘 그렇듯 이번에도 불편한 분들이 일부 존재했다.

과연 흥미 있는 이야기가 나올까 하는 작은 우려부터 시작해 송지유는 한국 연예인인데 뉴욕까지 가서 무슨 촬영을 하느냐는 의견도 이어졌다. 생소한 장소에 대한 거부 반응이었다.

"누가 흥선대원군의 후예 아니랄까 봐. 흐음."

솔직히 썩 기분이 좋지는 못했다. 연예계에 데뷔한 순간부터 지금까지 송지유는 대중들에게 노래로 큰 감동과 기쁨을 주고 있었다. 그런데 자기들 마음에 들지 않는다고 송지유를 깎아내리는 모습이 조금은 서운했다.

"대중들은 끊임없이 의심하는 존재입니다. 그리고 연예계에 종사하는 우리는 항상 그 의심을 증명하는 수밖에 없습니다"

라고 한 김정우의 조언이 떠올랐다. 현우는 그냥 대수롭지 않게 넘기기로 했다. 대중들의 의심이야말로 사실 성장의 원동력이기도 했다.

"반응이 별로예요, 삼촌?"

"지유가 워낙 인기가 많다 보니 기대치가 큰 거지. 근데 방송 나가면 다들 좋아해 주실 거니까 선혜는 걱정 안 해도 된다."

"그렇겠죠? 우리 언니잖아요."

백선혜가 자랑스러운 얼굴로 송지유를 쳐다보았다.

그리고 밤 9시가 되자 '차가운 도시의 법칙'이 방송되기 시작했다. 방송은 송지유가 늦잠을 자다 부랴부랴 일어나는 장면부터 시작되었다.

잠에 취한 송지유가 침대에 앉아 멍하니 허공을 응시하고 있었다.

송지유의 집을 찾아온 작가들이 송지유를 깨우고 있었지만 멍하니 앉아 있을 뿐 송지유는 미동도 없었다.

"지유 씨, 혹시… 앉아서 자는 거예요?"

"진짜 자는데요? 어머?"

"눈 뜨고 잠들었어. 지유 씨? 지유 씨?"


현우의 시선이 실시간으로 달리고 있는 댓글로 향했다.


─작가들 당황. ㅋㅋ 아니, 왜 앉아서 자? ㅋㅋ

─송지유, ㅋㅋㅋㅋ 늦잠도 자는구나? ㅋㅋㅋ

─와나, 송지유 얼음 여왕 아니었나? 대반전! ㅋ

─바로 자다 깨어서도 저 미모가 가능하구나. 난 다시 태어나야지. 또르르.

─시작부터 한참 웃네. ㅎㅎ


방송을 보고 있던 송지유의 얼굴이 붉어졌다. 첫 오프닝 장면부터 송지유가 커다란 허점을 보여주고 있었다.

"내가 저건 편집해 달라고 했는데!"

송지유가 급히 최지영 작가를 비롯해 다른 작가들에게 전화를 걸기 시작했다. 하지만 하나같이 전화를 받지 않았다.

"부끄러워할 거 없어. 반응 좋잖아?"

"오빠 일 아니라는 거죠, 지금?"

"그게 아니고… 큭큭."


뒤이어 김은정이 반 수면 상태에 빠져 있는 송지유를 조종하고 있는 장면이 나왔다.

"샤워해야지?"

"응."

송지유가 샤워를 하고 나왔다.

"샤워 다 했지? 카메라 있으니까 옷 입고 나와."

"응."

송지유가 옷을 입고 나왔다.

"여기 앉아. 기초화장은 해야겠지?"

"응."

김은정이 송지유의 얼굴에 메이크업을 해나갔다.

"손. 핸드크림도 바르자."

"응."

잠에 취한 송지유는 영혼이 없었다. 그저 김은정이 시키는 대로, 또 김은정의 손길이 닿는 대로 몸을 맡기고 있었다.

―저 코디 어디서 많이 보던 사람인데 누구?

―송지유 대학 동창, 친구이고 어울림 스타일리스트 김은정
임.

―ㅋㅋㅋ 로봇이냐? ㅋㅋ

―송리오네트 등장이요. ㅋㅋㅋ

―김은정 스타일리스트, 프아돌 이후 간만에 보니 반가워!

―허점 많은 여자였어. 갓 지유. ㅋㅋ


"웃지 말라고 했어요."

"하도 웃으니까 배 아프다. 큭큭."

현우는 아랑곳하지 않고 웃고 있었다. 화면에선 준비를 마
친 송지유가 외할머니 김윤희, 그리고 동생 송유라와 작별 인
사를 하는 모습이 나왔다.

잠깐 스친 것뿐이었는데도 반응이 폭발적이었다.


―소문의 송지유 동생이다! 헐, 뭐지? 예쁜데?

―송지유 미모는 유전이구나. 할머님도 곱게 늙으심.

―송유라라고 했나? 어지간한 연예인 저리 가라네.

―송지유 동생도 데뷔하면 대박일 듯. 자매가 다 연예인?

"유라 연예인 해볼 생각 없어?"

"저요?"

열여덟 살로 나이도 어리고 송유라도 송지유를 닮아 상당한 미소녀였다. 자매가 나란히 있으면 한 폭의 그림 같았다.

"지금은 그림이 더 좋아요, 오빠."

"나도 그냥 해본 말이야."

현우가 작게 웃었다.

"김태식 나온다."

송지유가 보란 듯이 손가락으로 TV 화면을 가리키고 있었다. 뜨끔한 현우가 TV로 시선을 돌렸다.

봉식이가 등장했고 그 안에서 현우와 유선미, 그리고 고석훈이 등장했다. 그런데 현우 밑으로 '김태식 어울림 엔터테인먼트 대표'라는 자막이 깔려 있었다.

"아니, 이건 뭔데?"

그사이 자료 화면으로 영화의 하이라이트 장면이 나가고 있었다. 현우도 급히 핸드폰을 들어 박석준 피디에게 전화를 걸었지만 역시나 받지 않았다.

"쌤통이다."

송지유가 고소하다는 표정을 했다.

"하아……."

현우가 길게 한숨을 내쉬었다. 그러다 공항에서의 이별 장면이 흘러나왔다.


"왜, 가기 싫어?"

화면 속 현우가 송지유에게 묻고 있었다. 그리고 송지유의 재킷 단추까지 꼼꼼하게 여며주었다.

"지유야, 대답 안 할 거야?"

"같이 간다고 했잖아요. 거짓말쟁이."

송지유가 살짝 토라졌다. 현우가 머리를 긁적였다.

방송을 지켜보고 있던 현우와 송지유는 괜스레 서로 어색해져 말을 꺼내지 못했다.

하지만 대중의 반응은 폭발적이었다.


─단추 채워주는 거 봐. 짱 자상해. ㅠㅠ

─김현우 대표님 같은 남친 있었으면 좋겠다! ㅠ

─ㄹㅇ 둘이 오누이 같다. 사이 좋아 보임.

─송지유 어리광 실화임? 미치겠다. 귀여워서. ㅋㅋ

─둘이 서로 좋아하나?

─위에 댓글 다신 분, 망상 자제요.

─김현우 대표랑 송지유 친한 사이인 걸 온 국민이 다 아는데.

댓글을 살펴보던 현우는 괜스레 뜨끔했다. 함께 노트북을 보고 있던 송유라는 혼자 의미심장한 미소를 머금고 있을 뿐이다.

방송은 계속되었다. 탑승 수속을 마치고 비행기에 타자마자 송지유는 노트를 꺼내 들었다.

"지유 씨, 안 피곤해요? 뭐 하시려고요?"

작가가 물었다.

"요즘 작사 공부를 하고 있어서 가사 좀 쓰려고요."

"작사 공부도 하시나요?"

"네. 스승님들한테 매주 한 번 숙제 제출하거든요."

"장성률 선생님을 말씀하시는 거죠?"

"네, 맞아요. 그럼 저 집중 좀 할게요."

역시 뮤지션답다는 자막이 깔렸다. 그런데 채 5분도 지나기 전에 송지유가 고개를 꾸벅거렸다. 카메라가 송지유와 테이블 위에 놓인 작사 노트를 클로즈업했다.

ㅡ또 잔다.

ㅡ또 자냐, 송지유? ㅋㅋ

ㅡ잔다. 참 잘 자. ㅋㅋㅋㅋㅋ

―가사 딱 두 글자 썼다. ㅋㅋ

―방송 시작하고 잠만 자는데도 묘하게 재밌다. ㅋㅋ

―되게 예민하고 차가울 줄 알았는데 순둥이였음;


뉴욕 존 F. 케네디 공항에 도착한 송지유는 홀로 캐리어를 끌고 출구로 향했다. 송지유는 느긋했다. 별로 긴장을 한 것 같지 않았다. 공항 게이트를 빠져나온 송지유는 캐리어를 잠시 세우더니 그 위로 털썩 기대앉았다.

카메라가 여러 방향에서 송지유를 잡았다.

"배고프다."


―첫 마디가 배고프다. ㅋㅋㅋㅋ

―송지유 자판기 발견!

―자판기 쪽으로 간다! ㅋㅋ


주변을 둘러보던 송지유가 자판기를 발견하고는 동전을 몇 개 넣고 버튼을 눌렀다. 낡은 자판기에서는 아무것도 나오지 않았다. 송지유가 잠시 주변을 둘러보았다.

갑자기 실시간으로 댓글이 폭주하기 시작했다.


―아니야. 제발 그건 하지 마.

─치지 마, 지유야. 넌 스타야, 스타. 응?

─미국은 자판기도 무슨 탱크 같아. ㅋㅋ

─친다? 친다!

─설마? ㅋㅋ


주변을 둘러보던 송지유가 결국 주먹으로 자판기를 쾅쾅
두들겼다.

철컹!

캔 커피 하나가 나왔다.


─ㅋㅋㅋㅋㅋㅋㅋㅋㅋㅋㅋㅋ!

─ㅋㅋㅋㅋㅋㅋㅋㅋㅋㅋ?

─ㅋㅋㅋㅋ 그게 또 나왔어?

─무모한 형제들 때도 느꼈지만 진짜 방송 천재다

─ㅇㅈㅋㅋ


송지유는 느긋하게 캔 커피를 마시며 뉴욕의 공기를 들이
마셨다. 잠시 여유를 누리던 송지유가 갑자기 길게 한숨을 내
쉬었다.

"집에 가고 싶어."

그리고 마지막이 더 압권이었다.

"졸려."

—또 자냐? 2
—안 돼. 지유야? 지유야?
—그만 자. ㅋㅋㅋ

그때 송지유의 앞으로 픽업트럭 한 대가 스르르 들어왔다. 그리고 열두 살 정도 되어 보이는 금발의 혼혈 소녀가 조수석에 내려 송지유에게로 걸어왔다.

"송지유 맞아요?"

한국어였다.

"응. 네가 엘리스구나?"

"반가워, 지유. 우리 집에 홈스테이 신청한 거 맞지?"

"응, 맞아. 나도 반가워."

송지유와 엘리스가 서로 손을 맞잡고 위아래로 흔들었다.

그리고 첫 방송이 끝났다.

"아쉽다!"

백선혜가 아쉬움을 토로했다. 대중의 반응도 별반 다르지 않았다. 다들 한 시간이 너무 빨리 지나갔다며 진한 아쉬움을 댓글로 대신하고 있었다.

*     *     *

토요일 밤 9시. SBC에서 방송된 '차가운 도시의 법칙'은 첫 방송에 시청률 10.8%를 기록했다. 그간 신비주의 연예인이라 불리던 송지유의 진솔한 모습을 볼 수 있었다는 점에서 대중들에게 많은 호평을 받았다.

벌써 다음 주가 기다려진다는 댓글이 기사마다 가득했다. 그리고 송지유에게 별명이 하나 더 늘었다. '잠자는 뉴욕의 공주'라는 별명이다. 송지유는 마치 놀리는 것 같다고 했지만 현우는 오히려 이 별명이 더 마음에 와닿았다.

단순히 별명이 마음에 든 것이 아니었다. 국민 소녀라 불리는 송지유였다. 하지만 차가워 보이는 첫인상이나 성격 때문에 그간 대중들은 송지유로부터 묘한 거리감을 느끼고 있었다.

하지만 '차가운 도시의 법칙'이 방송되면서 대중들은 송지유에게 친숙함을 느끼고 있었다. 진정한 국민 소녀로 거듭나는 계기가 된 것이나 마찬가지였다.

i2i의 원활한 SBC 활동을 위해 받아들인 예능 출연은 예상한 것보다 더 큰 성과를 가져오고 있었다.

'이러다 광고 몇 개 또 찍겠는데?'

광고 촬영. 생각만 해도 기분 좋은 일이었다.

어울림 3층 대표실로 손님이 찾아왔다. 송지유였다. 편안한 캐주얼 차림의 송지유는 대표실에 들어오자마자 미니 냉장고부터 살폈다.

"맥주 또 샀어요?"

"내가 산 거 아냐. 태명이가 샀을걸."

"거짓말. 태명 오빠는 흑맥주만 마시거든요? 이거 다 압수."

송지유가 에코백에 맥주 캔 다섯 개를 집어넣었다. 현우가 억울한 얼굴을 했다.

"왜 불렀어요?"

"음, 일단 봐봐."

현우가 시나리오 기획안을 테이블 위로 깔았다. 시나리오는 총 네 개였다.

"네 개밖에 안 되네요?"

"원래 네 앞으로 들어온 건 50개도 넘었어. 나랑 태명이가 추리고 추린 거지. 궁금하면 다른 것들도 보여줄까?"

"아니에요. 오빠가 어련히 잘 봤겠어요?"

"알아주니 고맙네."

현우가 씩 웃었다.

네 개의 시나리오 중 세 개는 영화였고 한 개는 드라마였다. 천만 배우가 드라마를 찍는 일은 상당히 이례적인 일인지

라 현우도 큰 기대는 하지 않고 있었다. 하지만 송지유에게 선택의 폭을 넓혀주고 싶었다.

"한번 읽어봐."

"알았어요."

딸랑.

대표실 문이 또 열렸다. 서유희였다. 요즘 한창 역에 몰입해 있는 서유희는 가만히 있어도 악녀 포스를 뿜어냈다. 덕분에 현우는 괜스레 움찔했다.

"오빠, 저 왔어요. 지유도 있었구나. 어제 차가운 도시의 법칙 잘 봤어. 재밌었어."

"재밌었어요?"

"응. 아주 많이."

그렇게 말하고 서유희가 송지유의 옆으로 나란히 앉았다. 그리고 송지유가 읽고 있는 시나리오 기획안을 잠시 들여다보았다.

"영화 시나리오네요?"

"응. 지유 앞으로 들어온 것들이야. 유희 네 것도 있는데 며칠 이따가 정리해서 보여줄게. 드라마 끝나면 너도 영화 쪽으로 가자."

"네, 오빠."

송지유가 시나리오를 읽는 사이 현우는 서유희와 대화를

나누기 시작했다.

"요즘 촬영은 어때?"

"저번에 오빠가 와주신 이후로는 촬영 잘하고 있어요."

"정말이지?"

"그럼요. 오빠한테 숨기긴 했지만 거짓말은 잘 못해요."

"그래야지. 김세희는?"

저번에 촬영장에서 엄포도 놓고 충분히 이해가 되도록 설명도 한 현우였다. 만약 또 무슨 문제라도 일으킨다면 이번에는 정말 참지 않을 생각이다.

"세희 선배님은 요즘 촬영장에서 조용하세요. 또 책만 읽으시는 것 같아요."

"책?"

"네. 캐서린 햅번 자서전이라고 아세요?"

"알지. 그 책 내가 읽어보라고 했거든."

"정말이에요?"

서유희가 눈을 동그랗게 떴다.

"응. 사람 되라는 의미에서 추천해 준 건데 진짜 읽고 있을 줄은 몰랐네. 아무튼 유희 너한테는 더 이상 신경 안 쓴다는 거지?"

"오히려 요즘은 철용이랑 저를 챙겨주세요. 미안하다면서요."

"하, 도깨비 같은 여잘세."

"오빠 언제 촬영장 또 오냐고 물어보기도 했어요. 세희 선배님 요즘 조금 이상하죠? 제가 생각해도 이상한 것 같아요."

그때 송지유가 읽고 있던 시나리오 기획안을 탁 내려놓았다. 그리고 현우를 슥 쳐다보았다.

"다 봤어? 마음에 드는 거 있어?"

"김현우 대표님, 유희 언니 촬영장에서 김세희랑 재미있었나 봐요? 자서전 추천도 해주고. 나중에는 자가용까지 추천해주겠네?"

어느새 송지유가 팔짱까지 끼고 있었다. 냉기가 풀풀 풍겼다. 현우는 머리를 긁적였다.

"아, 아니, 그게……"

서유희가 당황해하고 있는 현우를 보며 조용히 웃었다.

"유희 언니, 조만간 은정이랑 촬영장 놀러 갈게요."

"그래. 지유는 언제든지 환영이야. 스태프들도 좋아하겠다."

"그럼 나랑 같이 가자."

"정말요? 감당할 수 있겠어요?"

"감당? 뭘?"

현우는 어리둥절했다. 송지유가 결국 살짝 웃었다.

"됐어요. 내가 오빠한테 뭘 기대하겠어요? 참아야지. 그렇죠, 언니?"

"응. 내가 봐도 오빠는 정말 아무것도 모르는 것 같아."

송지유와 서유희가 서로를 보며 웃었다. 현우만 멀뚱멀뚱 지금의 상황을 지켜보고 있었다.

"오빠."

"응, 지유야."

"영화랑 드라마 다 별로인 것 같아요. 마음에 드는 게 없어요."

"하긴 나랑 태명이가 추리긴 했는데 솔직히 베스트로 뽑을 만한 건 없었어. 차라리 당분간 쉬자."

"그렇게 해요. 근데 엘시 선배님은 언제 귀국해요?"

"내일 저녁쯤?"

"그래요? 기대된다."

송지유가 조용히 말했다.

*　　　*　　　*

엘시와 Xena, 그리고 어울림 엔터테인먼트와 S&H 엔터테인먼트 간의 치열한 음원 전쟁 속에서 먼저 다음 카드를 내보인 건 S&H 쪽이었다.

**[Xena! 두 번째 싱글 앨범 전격 공개!]**

S&H 엔터테인먼트가 Xena의 두 번째 싱글 앨범을 발매했다. S&H 측 관계자에 의하면 두 번째 싱글 앨범에 담긴 곡 'Pure Girls'는 본래 걸즈파워 2기의 타이틀곡으로 국내외 유명 작곡가들의 공동 협업을 통해 완성한 곡이라고 한다. 어울림 엔터테인먼트와 엘시의 리메이크 앨범의 돌풍을 잠재우기 위한 S&H 엔터테인먼트의 초강수가 먹혀들지 대중들의 관심이 쏠려 있다.

발랄한 유로 하우스풍의 'Pure Girls'는 음원 발매 하루도 되지 않아 음원 차트 1위를 차지했다. 엘시의 리메이크곡 '난 알아요'를 2위로 밀어낸 것이다.

대중들의 눈에는 '뉴 아이돌'이라 불리는 Xena가 엘시를 다시 밀어낸 것으로 보였지만 어찌 된 영문인지 매니지먼트 1팀은 분위기가 좋지 못했다.

"실장님, 괜찮으십니까?"

매니지먼트 1팀의 팀장 중 한 명이 이석우 실장에게 조심스레 물었다.

걸즈파워를 비롯해 Xena와 걸즈파워 2기 멤버 모두가 매니지먼트 1팀 소속이었다. 하지만 이장호 회장이 독단적인 결정으로 Xena의 두 번째 싱글 앨범 발매를 지시했다. 이석우 실장과 매니지먼트 1팀 소속 인사들의 반대 의견은 끝내 받아

들여지지 않았다.

"상황이 좋지 않아요."

이석우 실장이 이마를 짚었다. 어울림 엔터테인먼트가 급부상하면서 이장호 회장이 흔들리고 있었다. 특히 S&H의 간판이자 걸즈파워의 리더인 엘시가 탈퇴하고 세간의 손가락질을 받으면서 이장호 회장은 완전히 판단력을 상실한 상태였다. 이장호 회장의 머릿속에는 온통 어울림과 김현우 대표를 향한 목표 의식만이 가득했다.

트렌드를 이끌던 S&H가 이제는 음원 전쟁을 바라고 있는 대중들의 장단을 맞춰주고 있는 꼴이었다.

"실장님, 회장님께 지금이라도 직언을 드려야 합니다. 엘시는 이미 성공적인 부활을 했습니다. 태지 보이스의 곡까지 리메이크하면서 이제는 탑 아이돌에서 전설적인 아이돌 포지션을 잡아놓은 상태입니다. 그런데 지금 와서 엘시를 꺾는다고 뭐가 남겠습니까? 장기적으로 보면 걸즈파워를 살리는 게 급선무입니다. 그런데 Xena와 엘시의 싸움을 붙이는 것도 모자라 이제는 타이틀곡까지 낭비해 버린 꼴입니다."

"나도 알고 있어. 하지만 회장님의 뜻이 완고해."

젊은 팀장의 말마따나 S&H는 오히려 엘시의 성공적인 재기를 도와주고 있는 꼴이었다. 음원 차트에서 1위를 되찾고 음악 방송에서 1위 자리를 빼앗아봐야 엘시에게 줄 수 있는 타격은 미미했다.

재기가 불가능하다, 은퇴할 것이다 등의 소문까지 돌던 엘시였다. 그런데 리메이크 앨범을 통해 화려하게 컴백했다. 엘시는 이제 대중에게 있어 '아이돌' 그 자체였다.

"지금 이 순간부터 회장님의 독단적인 결정은 무조건 내가 막아야겠어. 하지만 불안해. 어울림의 김현우 대표는 철저한 사람이야. 리메이크 앨범에 그치면 다행이지만 혹시 다른 생각을 가지고 있다면 분명 우리 쪽이 크게 손해를 볼 거야."

"실장님의 불안함이 현실이 아니기를 바라는 수밖에요."

S&H 매니지먼트 1팀 회의실로 암운이 드리워지고 있음을 이때만 해도 그 누구도 알지 못했다.

\*      \*      \*

영국의 남부 지방에 위치한 소도시 Oxford(옥스퍼드)는 세계적인 석학들을 배출한 옥스퍼드대학교로 유명했지만, 유서 있는 건축물이 많기로도 유명한 곳이었다.

날씨가 좋지 않기로 유명한 영국답게 하늘이 온통 잿빛으로 물들어 있었다. 곧이어 먹구름과 함께 장대비가 쏟아져 내리기 시작했다.

"비다! 비 오는데요?!"

"촬영 준비해! 빨리!"

비가 내리기를 기다리고 있던 뮤직비디오 제작팀 '비디오스타'의 제작진이 반색했다.

쏴아아!

빗소리가 요란했다. 엘시는 의자에 앉아 쏟아져 내리는 비를 감상하고 있었다. 제작진이 분주하게 방수 및 촬영 준비를 하며 소란을 떨었지만 엘시는 미동도 없었다. 고석훈은 커다란 장우산을 들고 그런 엘시를 말없이 쳐다만 보고 있었다.

엘시는 이어폰을 끼고 있었다. 이어폰에서는 이솔의 곡 'Rain Spell'이 흘러나오고 있었다. 곡이 끝나갈 무렵 제작진의 준비도 얼추 끝이 났다.

"언니, 우리도 준비해요!"

"응, 은정아."

김은정이 메이크업을 수정하고 헤어를 비롯해 옷매무새를 최종적으로 살폈다.

"끝! 엘시 출격!"

"오케이!"

현우의 말투를 따라 하며 엘시가 의자에서 일어났다. 그러다 고석훈과 눈이 마주쳤다. 시커먼 우비를 입고 있었지만 장우산을 씌워주느라 얼굴이며 머리카락이 다 젖어 있었다. 반면 엘시는 머리카락 한 올도 젖지 않은 상태였다.

엘시가 살짝 얼굴을 찌푸렸다. 미안했기 때문이다. 엘시가 제작진으로부터 수건 하나를 받아 고석훈에게 내밀었다.

"닦으세요. 감기 걸려요, 석훈 오빠."

"괜찮습니다."

"제가 안 괜찮아요."

"그럼."

고석훈이 대충 얼굴을 닦았다. 그사이 제작진은 모든 준비를 마치고 엘시를 기다리고 있었다.

"다녀올게요. 비 맞지 말고 우산 쓰고 있어요."

"알겠습니다."

제작진이 급히 엘시에게 회색 장우산을 건넸다. 뮤직비디오에 사용될 소품이었다.

회색 우산을 들고 엘시가 제작진을 따라 세인트 메리 교회 건물 앞으로 섰다. 카메라 감독들이 구도를 잡았다.

"좋습니다! 뷰가 아주 멋집니다!"

우비를 쓴 채 장대비를 맞고 있었지만 제작진은 분위기 있는 엘시의 자태에 엄지를 척 들었다.

뮤직비디오 촬영을 위해 엘시는 상징이나 다름없던 짧은 단발머리를 포기했다. 기다란 금발이 바람에 휘날렸다.

영국풍의 자주색 체크무늬 원피스에 그 위로는 갈색 트렌치코트를 입었다. 그리고 검은색 부츠까지. 메이크업도 전체적으로 어두웠다. 살짝 스모키 메이크업까지 했다.

"자, 엘시 씨! 갑니다! 롤!"

연출 감독이 사인을 보냈다. 그리고 회색 장우산을 손에 쥔 채로 엘시가 걷기 시작했다. 회색 우산 위로 쏟아지는 장대비가 튕겨져 나갔다. 고속 카메라가 이를 놓치지 않고 화면에 담았다.

세인트 메리 교회의 성벽을 따라 엘시는 무작정 걸었다. 방향도 목적지도 없었다. 잿빛으로 물든 하늘 아래 낡고 오래된 도시에는 오직 엘시 혼자였다.

온통 비에 젖은 거리를 걸으며 엘시가 자연스럽게 이어폰을 꼈다. 그리고 'Rain Spell'을 부르기 시작했다.

비오는 거리는 늘 나를 우울하게 해
우산 아래 느껴지는 쓸쓸함에
문득 뒤를 돌아보지만
쏟아지는 빗속에, 우울한 기억에
길을 잃은 추억에, 쏟아지는 빗속에
남아 있는 건 회색으로 물든 너의 흔적
내게 두고 간 우산
그 우산 아래 느껴지는 쓸쓸함에
빗속을 걸어

빗소리에 묻혀 노랫소리는 들리지 않았다. 하지만 엘시를 찍고 있는 제작진이나 뒤에서 이를 지켜보는 고석훈과 김은정은 숨소리조차 쉽게 내지 못하고 있었다.

엘시가 완전히 몰입해 있었기 때문이다.

엘시는 걸음을 멈추지 않았다. 감정에 젖은 채 정처 없이 걸음을 옮겼다. 거센 장대비가 점차 회색 장우산을 뚫었다. 트렌치코트가 조금씩 비로 물들었다. 엘시도 비에 젖어가고 있었다.

한참을 지켜만 보던 고석훈이 결국 참지 못하고 엘시에게 향하려 했다. 하지만 김은정이 고석훈을 말렸다.

"큰일 납니다. 다연 씨 안색을 봐요. 쓰러질 겁니다."

"석훈 오빠, 이건 다연 언니를 도와주는 게 아니에요. 아시 잖아요?"

"……."

고석훈은 차마 대답을 하지 못했다. 엘시의 안색이 창백했다. 분홍빛 입술도 이제는 새파랗게 물들어 있었다.

하지만 작품이 만들어지고 있었다. i2i의 뮤직비디오를 제작한 '비디오스타' 팀의 스태프들도, 그리고 김은정도, 또 고석훈도 이를 알고 있었다.

결국 엘시가 시계탑 앞에서 주저앉아 버렸고, 고석훈이 우산을 내팽개치며 달려갔다. 놀란 제작진도 서둘러 엘시에게 뛰어갔다.

"은정 씨! 어서요!"

엘시를 부축한 고석훈이 다급하게 김은정을 불렀다. 김은정이 핫팩과 담요를 가지고 뛰어왔다. 그리고 담요를 둘러주며 엘시의 체온을 올리기 위해 고군분투했다.

"언니! 언니!"

두 눈을 감고 덜덜 떨고 있던 엘시가 눈을 떴다.

"은정아?"

"언니! 괜찮아요?"

"응. 감독님, 잘… 나왔죠? 그렇죠?"

"네, 훌륭합니다. 제가 찍은 뮤직비디오 중 최고일 겁니다."

연출 감독이 자신만만하게 대답했다. 하지만 제작진과 다르게 고석훈은 화가 난 얼굴을 하고 있었다. 김은정도 마찬가지였다.

"화났어요?"

"아뇨. 안 났습니다."

"은정아, 화났어?"

"…언니가 프로인 건 알겠어요. 하지만 이러다 몸 상해요. 몸이 이렇게 차가운데… 저체온 증상 오면 어떻게 하려고 했어요? 네?"

한 살 어렸지만 김은정이 엘시를 혼내고 있었다. 엘시가 방긋 웃었다.

"S&H 있을 때는 이틀 밤 새워가면서 뮤직비디오 찍었거든? 하루에 세 시간씩 자면서 한 달 동안 투어도 다녔는데?"

"언니, 그 이야기 그대로 현우 오빠한테 해볼래요? 그동안 현우 오빠가 화내는 거 본 적 없죠? 아마 엄청 화낼걸요? 언니가 말한 건 잘못된 거예요. 언니가 제일 잘 알잖아요."

늘 유쾌하던 김은정이 진지한 얼굴로 말했다. 엘시가 미안한 듯 살짝 눈을 찌푸렸다.

"미안. 비 맞아서 투정 좀 부려봤어. 대표님한테는 비밀이다?"

"쳇, 알았어요. 그 대신 한국 가면 닭발에 와인 쏘기?"

"콜!"

엘시가 입술을 부르르 떨며 외쳤다.

$*$ $*$ $*$

Xena의 두 번째 싱글곡 'Pure Girls'는 첫 번째 싱글곡보다 오히려 더 큰 인기를 끌고 있었다. 주요 음원 차트에서 엘시의 리메이크 앨범을 모두 밀어내며 1위를 차지했고, 하트를 그리는 포인트 안무도 큰 인기를 끌고 있었다.

**<음원 전쟁 싸움의 승자는 결국 Xena인가?>**

ㅡ제나가 어리기도 하고 재능도 많고, 난 엘시보다는 제나임.

ㅡ파급력은 엘시 리메이크 앨범이지. 엘시가 제나랑 비교될 급은 아니야.

ㅡ가창력은 제나가 한 수 위인 것 같은데?

ㅡ엘시는 탑 아이돌이고 제나는 뮤지션 느낌 남.

ㅡㅇㅈ 엘시는 뮤지션은 아니야. 솔직히.


역시나 인터넷상에서는 여전히 논쟁이 벌어지고 있었다. 그리고 늘 그랬듯이 엘시와 Xena 간의 논쟁은 결국 어울림 엔터테인먼트 대 S&H로 번져갔다. S&H는 도덕적으로 많은 비난을 받고 있었다. 엘시 계약 파동 사건을 비롯한 사건 사고가 많았기 때문이다. 어울림을 향한 비난은 거의 없었지만 간혹 뜬금없는 비난들이 이어졌다.

현우가 건방지다, 혹은 위아래가 없다는 식의 비난이었다. 당연히 현우는 개의치 않았다. 축구 스타 박희성도 벤치에만 앉으면 온갖 욕이 쏟아지는 마당에 현우를 욕하지 말란 법은 없었다.

현우와 손태명은 대신 다른 것에 관심을 쏟고 있었다.

"현우야, 맥주 다 어디 갔냐?"

"저번에 지유가 다 가져갔잖아."

"송지유, 강적이다, 강적. 기다려. 맥주 좀 사올게."

"오케이."

손태명이 편의점에서 맥주를 사왔다. 캔 맥주를 기울이며 현우와 손태명은 자정 12시가 되기만을 기다렸다.

그리고 마침내 자정 12시가 되었다.

어울림 엔터테인먼트의 홈페이지를 비롯해 어울림 공식 WE TUBE 채널로 뮤직비디오 하나가 덩그러니 올라왔다. 그리고 그에 맞춰 주요 음원 차트에 엘시의 오리지널 싱글 앨범 'into the rain'이 공개되었다.

＊　　　　＊　　　　＊

"아들, 내일 일찍 아르바이트 가야 한다며? 빨리 자야지!"

"예, 알겠어요! 잘게요!"

얼마 전 전역을 한 스물세 살의 김대식은 침대에 누워 핸드폰을 들여다보고 있었다. 방 안 곳곳에 걸즈파워의 앨범과 포스터가 가득했다.

**[음원 전쟁, 드디어 막을 내리나?]**

치열하던 음원 전쟁에서 결국 Xena가 엘시를 이겼다는 논지의 기사였다. 걸즈파워의 진성 덕후인 김대식은 마음이 복잡했다. 군 복무 시절 그의 낙은 주말마다 생활관에서 걸즈파워를 보는 것이었다. 휴가 때는 직접 걸즈파워를 보기 위해 음악 방송 현장을 찾기도 했다.

그런데 엘시가 별안간 걸즈파워를 탈퇴했다. 우울증과 가혹한 스케줄 논란 등 이유는 명백했지만 그녀 때문에 걸즈파워는 이제 걸즈파워 1기가 되어 역사의 뒤안길에 파묻힐 위기에 처해 있었다.

걸즈파워 팬덤의 대다수가 엘시를 이해하면서도 걸즈파워를 떠난 것에 대해서는 큰 상처를 받은 상태였다. 잠도 오지 않았다. 벽에 붙어 있는 엘시의 포스터를 보자 갑자기 화가 났다.

김대식은 홧김에 댓글을 작성하기 시작했다.


—엘시 때문에 힘들었던 군 생활도 견뎠는데 엘시가 걸즈파워 배신하고 떠날 줄은 생각도 못했다, 진짜. 다른 멤버들은? 자기만 편하면 된다는 건가? 리더가?


작성 완료 버튼만 누르면 댓글이 작성되지만 김대식은 왠지 모르게 망설여졌다.

군복을 입고 팬 사인회를 찾은 김대식에게 그녀는 거칠어진 손을 꼭 잡아주며 말했었다. 몸 건강히 군 생활 잘하라고, 또 전역하면 꼭 한 번 더 찾아오라는 당부도 잊지 않았다. 마지막으로 그녀는 자신이 쓰던 핸드크림까지 내주었다.

아직도 책상에는 엘시가 준 핸드크림이 고이 모셔져 있었다.

'하지만 너 때문에 걸즈파워가 망했다고! 이 가식 덩어리!'

결국 김대식은 작성 완료 버튼을 눌러 버렸다. 첫 악성 댓글이었다. 그리고 하필 그 대상이 가장 좋아하던 그녀 엘시였다.

후련할 줄 알았건만 오히려 마음이 불편해졌다. 머릿속이 복잡했다. 이미 작성된 댓글은 다른 사람들의 댓글에 밀려 있는 상태였다.

'어?'

침대에 누워 있던 김대식이 침대에서 일어났다. 댓글 때문이었다.


—엘시 때문에 힘들었던 군 생활도 견뎠는데 엘시가 걸즈파워 배신하고 떠날 줄은 생각도 못했다, 진짜. 다른 멤버들은? 자기만 편하면 된다는 건가? 리더가?

—엘시 신곡 방금 전에 음원 차트에 올라왔어요. 빨리 가보세

요. 그리고 죄송합니다. 엘시도 걸즈파워는 절대 잊지 않고 있어요. 그럴 거예요.

방금 전에 남긴 댓글에 엘시의 팬으로 보이는 사람이 또 다른 댓글을 달았다.

'엘시 신곡?'

김대식은 급히 코코넛 사이트에 들어가 보았다. 아직 차트 진입은 하지 못한 상태였다. 엘시를 검색하자 리메이크 앨범 위로 새로운 앨범이 덩그러니 올라와 있었다.

앨범 재킷은 흑백사진이었다. 비가 쏟아지는 무대 위에 스탠딩 마이크 하나가 홀로 세워져 있었다. 싱글 앨범 이름은 'into the rain'이었다. 김대식은 싱글곡 'Rain Spell'의 뮤직비디오를 클릭했다. 그리고 급히 이어폰을 꼈다.

쏴아아!

영국의 어느 거리로 장대비가 쏟아지고 있었다. 그리고 오래된 교회 벽 옆에서 트렌치코트를 입은 엘시가 회색 장우산을 들고 하늘을 올려다보고 있었다.

'⋯⋯!'

김대식의 눈동자가 커졌다. 그녀의 트레이드마크이던 단발머리가 아니었다. 허리 아래까지 길게 내려오는 금발이 엘시의 진성 덕후인 그에게는 파격적으로 다가왔다.

그사이 이어폰을 통해 쏟아지는 빗소리가 생생하게 들려왔다. 그리고 카메라가 엘시를 클로즈업으로 잡았다. 엘시의 분홍빛 입술이 잡혔다. 엘시가 뭐라 말을 했지만 빗소리 때문에 무슨 말을 하는지 들리지 않았다.

'뭐라고 한 거지?'

의문을 가진 찰나 클래식 기타 소리가 흘러나왔다. 그리고 뮤직비디오 속 엘시가 벽을 따라 무작정 걷기 시작했다. 회색 장우산을 든 채로 엘시가 노래를 부르기 시작했다. 깊고 진한 재즈풍의 R&B였다.

'……'

엘시의 깊고 허스키한 음색이 뮤직비디오 속에서 내리는 장대비와 함께 김대식의 마음 안으로 쏟아졌다.

장대비는 계속 내렸다. 회색 장우산을 뚫고 빗줄기가 엘시를 적셔갔다. 트렌치코트가 비에 젖고 기다란 금발도 비에 젖었다. 엘시의 안색도 점점 창백해져 갔다. 하지만 반대로 노래는 절정을 향해가고 있었다.

엘시는 자기 자신은 안중에도 없었다. 비에 젖는 것도 모르고 온 힘을 다해 노래를 부르고 있었다.

쏟아지는 빗속에, 우울한 기억에
길을 잃은 추억에, 쏟아지는 빗속에

남겨져 있는 건 빗줄기 속 우리의 흔적
내게 두고 간 우산
그 우산을 차마 버리지 못해
빗속을 걸어


김대식은 입술을 깨물었다.

엘시가 내뱉고 있는 가사 한마디, 한마디에 그녀를 좋아하던 세월이 주마등처럼 스쳐 지나갔다. 그리고 김대식은 확신할 수 있었다. 엘시는 걸즈파워 멤버들에게, 그리고 팬들에게 진심을 토해내고 있었다.

절정 부분을 지나 엘시의 허밍이 김대식의 귀를 파고들었다. 노래는 끝이 났다.

쏴아아!

다시 빗소리가 들려왔다. 정처 없이 걷던 엘시가 시계탑 앞에 주저앉았다.

연출이 아니었다. 엘시의 작은 어깨가 사정없이 떨리고 있었다. 엘시의 얼굴이 잡혔다. 엘시의 이마를 지나 눈가에 빗줄기가 흘러내렸다. 엘시가 다시 입술을 열었다. 의미를 알 수 없는 짤막한 한마디와 함께 뮤직비디오는 끝이 났다.

'……'

김대식은 까맣게 변한 핸드폰 화면을 쳐다보고 있었다. 엘시를 향해 있던 원망과 미움은 뮤직비디오 속에서 내리던 장대비에 씻겨갔는지 이미 흔적도 남아 있지 않았다.

김대식은 뒤늦게 포털 사이트에 들어가 자신의 댓글을 찾아내었다. 그리고 다시 무언가를 쓰기 시작했다.

\*        \*        \*

어울림 엔터테인먼트의 행보는 파격적이었다. S&H처럼 대대적인 홍보와 언론 플레이도 없었다. 자정 12시가 되자 그저 조용히 엘시의 솔로 앨범 'into the rain'을 공개한 것뿐이었다.

"네, 네! 알겠습니다! 메일로 답변드릴게요! 네, 네!"

"아뇨. 이 사항은 손태명 실장님이나 김현우 대표님과 상의를 해봐야 할 것 같습니다. 예. 그럼 기다려 주세요."

"인터뷰요? 메일로 답변드리겠습니다."

어울림 엔터테인먼트로 각종 연예 매체와 방송국 등에서 연락이 쏟아졌다. 리메이크 앨범을 냈을 때와는 비교도 하지 못할 정도였다. 손태명과 최영진, 고석훈, 유선미, 이혜은 등은 정신이 하나도 없었다. 오죽하면 녹음실에 있던 오승석까지 업무를 봐야 할 정도였다.

대표실에서 일을 보고 있는 현우도 상황은 마찬가지였다. 현우의 명함을 받은 공중파 3사의 피디들과 작가들, 또 케이블이나 종합 편성 채널에서도 연락이 빗발쳤다. 핸드폰 충전기를 꽂고 있는데도 배터리가 확확 줄어들었다.

"솔아, 반응 어때?"

오승석과 함께 녹음실에 있던 이솔이 어느새 현우 옆에 앉아 노트북을 보고 있었다.

"최고예요, 대표님!"

이솔이 환하게 웃었다. 엘시의 첫 복귀 앨범은 이솔이 만든 것이나 마찬가지였다. 내색은 하지 않고 있었지만 이솔도 오승석과 곡 작업을 하며 심적인 부담감에 시달려야 했다. 하지만 뚜껑을 열어보니 초콜릿 상자에는 초콜릿이 가득했다.

딸랑딸랑.

엘시가 사무실 문을 열고 들어왔다.

"네, 그럼요. 다연 씨랑 상의를 좀 해보겠습니다. 긍정적으로. 윽!"

전화 통화를 하다 현우가 헛숨을 들이켰다. 엘시가 무작정 현우에게 달려와 안겼기 때문이다.

"대표님!"

엘시가 엉엉 대성통곡을 했다. 느닷없는 행동에 당황하던 현우의 표정이 조금씩 풀어졌다.

"네, 알겠습니다. 제가 또 연락드리겠습니다."

현우는 급히 전화를 끊고 가슴팍을 끌어안고 있는 엘시를 내려다보았다. 멈칫하던 현우는 토닥토닥 엘시의 등을 다독였다. 엘시가 하염없이 울고 있었다. 마치 그간의 억눌린 감정을 쏟아내듯 눈물이 그치지 않았다. 이솔도 많은 생각에 잠긴 채 그런 엘시의 등을 바라보고 있었다.

이미 리메이크 앨범으로 차트 올 킬을 달성한 엘시였지만, 태지 보이스의 힘이 강하게 작용했다는 걸 알고 있었다. 하지만 솔로 앨범은 그 의미가 달랐다. 퇴물이라고, 재기 불능이라고 평가받던 엘시가 진정한 의미로 다시 부활했다.

세간의 평가도 달라졌다. 탑 아이돌 엘시에서 이제는 당당한 뮤지션으로 평가가 내려지기 시작했다. 길거리마다, 상점가마다, 심지어 버스나 택시에서 흘러나오는 라디오에서도 'Rain Spell'을 들을 수 있었다.

지독한 감기 몸살에 걸려 영국 병원에 며칠 입원했다가 귀국한 엘시는 공항에서, 그리고 길거리 곳곳에서 들려오는 자신의 노래에 크게 감동을 받은 상태였다.

한참을 흐느끼던 엘시가 현우의 가슴팍에 묻고 있던 얼굴을 들었다. 하늘색 와이셔츠가 눈물 자국과 립 자국으로 얼룩져 있다.

"와이셔츠 완전 버렸어요. 죄송해요, 대표님. 제가 하나 사 드릴게요."

"아닙니다. 괜찮아요. 몸은 괜찮은 거죠?"

"네. 보시다시피 다 나았어요."

엘시의 뮤직비디오는 어울림 공식 채널을 통해 전 세계로 뻗어 나가고 있었다. 유선미가 영어 버전, 일어 버전, 중국어 버전, 스페인어 버전을 배포했고, 조회 수가 미친 듯이 올라가고 있었다. 세계 곳곳에 팬을 두고 있는 엘시지만, 엘시를 잘 모르던 외국인들도 뮤직비디오를 극찬하며 엘시에게 빠져들고 있었다.

"뮤비 찍느라 고생 많았어요."

"아뇨. 저는 아무것도 한 거 없어요. 대표님이 다 하셨어요. 그리고 솔이가 다 한 거예요. 솔이 보고 싶어요. 어디에 있어요?"

"솔이 바로 뒤에 있습니다."

"네?"

엘시가 코를 훌쩍이며 당황해했다. 그리고 등을 돌렸다. 이솔이 어색하게 웃고 있었다. 그러다 품에서 손수건을 꺼내 엘시에게 건넸다. 엘시가 서둘러 눈물을 닦았다.

"미안. 솔이도 손수건 사줘야겠다."

"아니에요, 선배님. 축하드려요. 저 뮤직비디오 보고 깜짝 놀랐어요. 역시 선배님은 최고인 것 같아요. 헤헤."

"솔이는 천사야."

엘시가 이솔을 꼭 껴안았다.

"고맙고 미안해, 솔아."

엘시가 이솔에게 진심을 담아 말했다. 많은 의미가 내포되어 있는 말이었다.

만약 이솔이 'Rain Spell'을 자신의 솔로 앨범으로 냈다면? 어쩌면 지금의 찬사가 이솔 본인에게로 돌아갈 수도 있었다. 하지만 이솔은 아무런 대가 없이 자신의 곡을 선뜻 내주었다. 엘시는 이솔에게 미안하고 고마울 수밖에 없었다.

"언니가 너 성인 되면 차 한 대 뽑아줄게."

"괜찮아요."

"아니지. 솔아, 말해봐."

현우가 엘시를 거들었다. 이솔이 잠시 주춤했다.

"뭔데? 말해봐. 꼬부기 선생님한테 곡 값은 확실히 줄게."

"솔아, 다연 씨가 대표님보다도 돈 많아."

이건 맞았다. 오랜 해외 활동으로 엘시는 재산이 많았다.

"저희 숙소에 미, 미니오븐이랑 제, 제빵기가 있으면 좋을 것 같아요."

이솔이 기어들어 가는 목소리로 말했다. 현우와 엘시는 동시에 픽 웃었다. 화제의 명곡을 만들어낸 작곡가가 바라는 것이 고작 미니오븐과 제빵기였다.

"빵 만들어서 뭐 하려고?"

"대표님도 드리고 서, 선배님도 드리고, 음, 그리고 멤버들도 먹이고 싶어요."

"아~ 귀여워!"

엘시가 이솔을 부서져라 껴안았다.

"으으, 숨 막혀요."

"미안. 근데 곡 값이 너무 싸, 솔아."

두 선후배를 보며 현우는 피식 웃으며 입을 열었다.

"자, 그러면 행복 회로 좀 돌려봅시다, 우리."

"행복 회로요?"

"네?"

엘시와 이솔이 동시에 고개를 갸웃했다. 처음 들어보는 단어였다. 순간 현우는 아차 싶었다. 과거로 돌아오기 전 자주 사용하던 말이 무심코 나와 버렸다.

"아, 뭐 행복하니까 머릿속을 행복하게 돌려보자는 거죠. 전자 기판처럼."

"아하! 대표님, 센스 좋으시네요? 그럼 우리 같이 봐요."

"오케이!"

이솔이 오케이를 외쳤다.

"그전에 간식 타임!"

엘시가 끌고 온 캐리어에서 주섬주섬 영국제 쿠키와 홍차 티백을 꺼냈다. 엘시와 이솔이 영국제 간식과 홍차를 어울림 식구들에게 돌렸다. 그리고 이내 대표실 안도 홍차 향기가 가득해졌고, 세 사람은 나란히 앉아 노트북을 들여다보기 시작했다.

[리메이크 앨범은 거들 뿐! 진짜는 솔로 앨범!]
[엘시는 엘시고 역시나는 역시나였다!]
[엘시 주요 음원 차트 정복!]
[장맛비 열풍! 대한민국은 지금 때늦은 장마철!]
[음악 평론가들의 극찬! 엘시는 이제 뮤지션이다!]
—엘시는 엘시다. 명언 지렸고.
—역대급 R&B 노래. 하, 노래 좋다.
—엘시가 이렇게 노래를 잘했나? 중독성 미친다.
—뮤직비디오 보고 진짜 눈물 남. 엘시의 진심이 느껴졌다고 할까?
—뮤비 보고 깨달음. 엘시는 걸즈파워랑 팬들을 버린 게 아냐.
—ㅇㅈ 그동안 얼마나 힘들었을지 뮤비랑 노래에서 다 느껴져.
—노래 이거 뭐야? 어울림은 대체 이런 곡을 매번 어떻게 가래떡 뽑듯 뽑아내는 거지? 진짜 신기할 뿐이다.
—오승석이랑 김정호 있잖아. 블루마운틴도 거의 뭐 식구고.
—레인 스펠 무한 스트리밍 중.
—길가마다 엘시 노래만 나옴. ㅋㅋㅋ 송지유 때도 그러더니.
ㅋㅋ

그야말로 엘시 열풍이었다. 대한민국 전역에 때늦은 장마가 쏟아지고 있었다. 행복에 젖은 엘시의 눈동자가 몽롱했다. 현우도 덩달아 기분이 좋았다.

수많은 기사 중에 유독 한 기사가 현우의 시선을 끌었다.

[Rain Spell', 원작자는 누구인가?]

엘시의 솔로 앨범 싱글곡 'Rain Spell', 혹은 '장마'가 크게 히트를 치며 일부 네티즌은 원작자 ggobuki가 누구인지 캐내기 위해 혈안이 되어 있다. 최근 Big Oh라는 작곡 네임을 사용하는 오승석 작곡가의 서브 네임이거나 혹은 히트 메이커 김정호 작곡가의 작곡 네임이라는 등 온갖 추측이 난무하고 있는 실정이다. 또한 일부 네티즌은 원작자 ggobuki의 정체가 어울림과 인연이 깊은 작곡가 블루마운틴, 혹은 송지유의 음악적 스승이라고 알려져 있는 장성률이나 김동철, 최현이 셋 중 한 명일 것이라는 추측을 내놓고 있다.]

―김정호가 유력할 듯.

―ㄴㄴ 내 생각에는 장성률임.

―우울하고 어두운 곡 스타일로 봐서는 최현일걸?

온갖 추측성 댓글이 난무하고 있었다. 그중 댓글 하나가 눈에 들어왔다.

—왜 이렇게 어렵게들 생각하시나요? 한글로 풀어보면 꼬부기
인데 혹시 i2i 이솔 아닐까 합니다. 이솔 별명이 갓부기, 꼬부기 이
런 거잖아요.

—? 그건 이솔이 거북이 상에 귀엽게 생겨서 생긴 별명이죠. 아
무리 이솔이지만 아직 작곡까지는 아닌 것 같은데.

—자작곡 못 들어봄? 가능성 있음.


"이걸 모른다고? 꼬부기라고 친절하게 작곡 네임까지 지어
줬는데?"

현우는 살짝 당황스러웠다. 엘시도 이해를 못 하겠다는 표
정을 하고 있었다. 소수의 대중이 이솔을 거론하고 있었지만
그야말로 낭설 취급을 받고 있었다.

"대표님, 이러면 안 되는데. 우리 솔이도 칭찬받아야 해요."

이솔은 아무렇지도 않은데 엘시가 더 애가 탔다.

"괜찮은데. 헤헤."

이솔이 오히려 엘시를 위로하고 있었다. 잠시 팔짱을 끼고
생각에 잠겨 있던 현우가 대표실 문을 활짝 열었다.

"영진아!"

현우가 최영진을 불렀다. 이미 문을 닫은 디온 뮤직 소속

사바나의 매니저였던 최영진은 아예 i2i를 전담하고 있었다. 최영진이 대표실로 들어왔다.

"영진아, 솔이 기사 하나 내보내자."

"작곡가가 솔이라는 걸 밝히시게요?"

"당연하지. 아니, 꼬부기가 어렵냐? 이걸 모른다고?"

"솔이가 아직 어리잖아요. 설마설마하는 거죠."

"그럼 우리 측에서 알려줘야지, 뭐. 데일리 뉴스 측에 연락해."

"네, 형님!"

최영진이 이솔을 보고는 씩 웃었다. 그러고는 밖으로 나갔다.

"휴, 이제 마음이 좀 편해요."

엘시가 안도의 한숨을 내쉬었다. 이솔이 그 옆에서 특유의 거북이 웃음을 짓고 있었다. 참 보기 좋은 선후배 사이였다.

드르륵.

그때 마침 문자가 왔다. 조금 전 통화를 한 KBN의 피디였다. 문자를 읽고 난 후 현우가 엘시를 쳐다보았다.

"다연 씨, 오랜만에 공중파 나들이 한번 어때요?"

"공중파 나들이요?"

"성공적인 복귀도 알리고 또 팬 서비스 차원에서 마침 딱 좋은 프로가 하나 들어왔어요."

"네, 저 할래요!"

"그래요."

현우가 빙그레 웃었다.

*　　　*　　　*

초록색 밴 봉식이가 도로를 달리고 있다. 오랜만에 밴 운전
대를 잡은 현우는 오전부터 몸도 마음도 가벼웠다. 무심코 튼
라디오에서는 엘시의 'Rain Spell'이 흘러나오고 있었다.

"언니, 언니 노래예요!"

"응. 그러네? 지유야, 언니 노래 나온다!"

"그러네요. 솔이가 노래 잘 만들었어."

"헤헤. 감사합니다."

초록색 밴 봉식이 안이 시끌벅적했다. 밴 안에는 송지유뿐
만 아니라 엘시와 이솔도 함께였다. 백미러를 슥 들여다보며
현우는 흐뭇한 미소를 머금었다. 어울림의 상징이 둘도 아니
고 셋이나 모여 있었다.

"형님, 괜찮으세요? 제가 운전할까요?"

운전석 대신 조수석에 앉아 있는 최영진이 곤란한 얼굴을
했다. 아무리 격식 없이 형님, 동생 하는 사이라지만 미안했
다.

"아니, 괜찮아. 다연 씨랑 지유랑 솔이 다 태우고 운전하는 이 기분을 영진이 너한테 양보할 수는 없지."

"하긴 기분이 남다르긴 하시겠네요. 녹화 끝나고 갈 때는 제가 하겠습니다, 형님."

"봐서."

현우가 장난스럽게 웃었다. 라디오에서는 노래가 끝나고 DJ의 목소리가 들려오고 있었다. 보통 DJ가 아니었다. 전설적인 한국 락 밴드 송골매 출신의 배철수가 진행을 맡고 있었다.

[자, 노래 잘 들으셨습니까? 흐음, 엘시는 우리한테 잘 알려진 아이돌입니다. 아, 제가 어떻게 아냐고요? 허허, 저 배철수입니다. 엘시 양은 제가 아주 아끼는 후배죠. 물론 본 적은 없습니다.]

엘시가 킥킥 웃었다. 송지유도 살짝 미소를 머금었다.

[방금 질문이 하나 올라왔습니다. 가수로서의 엘시를 평가해 달라는 질문이네요.]

순간 밴 안이 조용해졌다. 젊은 세대에선 배철수를 모르는 사람도 있었지만 송골매는 1970년대 후반, 1980년대에 큰 인기를 끈 락 밴드였다. '어쩌다 마주친 그대'라는 곡은 시대를 넘어 아직까지도 많은 사람들에게 사랑받고 있었다.

특히 기타리스트 출신인 배철수는 해박한 음악적 지식과 격식을 차리지 않는 소박한 인격으로 가요계에서 많은 존경을 받고 있었다.

그러니 당연히 긴장할 수밖에 없었다. 라디오에서 다시 배철수의 목소리가 흘러나왔다.

[이거 어려운 질문입니다. 그런데 비슷한 질문들이 많습니다. 음, 엘시는 아이돌이죠. 그리고 뮤지션이기도 합니다. 방금 전 들려 드린 노래 '장마'는 아주 완성도가 높은 곡입니다. 영화나 문학으로 평가하자면 작품성이 훌륭해요. 후배 엘시 양도 훌륭한 가수입니다. 음색도 좋고 가성과 진성을 적절하게 활용할 줄 알아요. 사실 이건 사담인데 어떻게 보면 락 보컬 같은 느낌도 납니다. 예전 같았으면 락 밴드에서 서로 모셔 가려고 했을 겁니다. 뭐 그렇다는 거죠. 하하!]

긍정적인, 아니, 찬사였다. 현우는 안도했다. 혹평이 쏟아질 것이라는 생각은 하지 않았지만 그렇다고 찬사까지 바란 건 아니었다. 하지만 가요계 대선배이자 저명한 인사인 배철수가 엘시를 인정하고 있었다.

"휴, 다행이다. 저 방금 심장 쫄깃했거든요? 심장 박동 소리 들리죠? 지유야, 여기 한번 만져봐."

엘시가 송지유의 손을 덥석 잡아끌었다. 깜짝 놀란 송지유가 손을 빼내었다.

"됐거든요. 이젠 또 안 당해요, 선배님."

아파트 단지에서의 기억이 떠올라 송지유의 얼굴이 붉어졌다.

"지유가 호락호락하지 않네. 그럼 솔이가 만져볼래?"

"네, 네?"

"장난이야! 아~ 귀여워!"

엘시가 이솔을 또 껴안았다. 백미러를 보며 현우와 최영진이 피식 웃었다. 은근히 셋의 조합이 잘 맞는 것 같았다.

[그런데 저는요, 사실 어울림 엔터테인먼트의 김태식 대표님이 더 궁금합니다.]

순간 밴 안이 또 조용해졌다. 그리고 라디오에서도 정적이 흘렀다.

"김태식이래요, 태식이 오빠."

송지유가 아픈 곳을 찔렀다. 저절로 헛웃음이 나왔다. 백미러를 보니 엘시와 이솔도 킥킥 웃고 있었다.

'캔 커피 광고 계약이 내년까지였던가? 젠장.'

배철수가 자신을 김태식이라고 알고 있다니 얼굴이 다 화끈거렸다.


[아이고, 이거 실례했습니다. 김현우 대표님이군요. 정정하겠습니다. 아무튼 저는 그 젊은이가 마음에 듭니다. 사실 우리나라 가요계가 역사는 그리 깊지 못합니다. 하지만 그렇다고 해서 좋은 노래가 없는 건 아니거든요. 그런데 제가 돌이켜 보면 요 1년 동안 어울림에서 음악적으로 한 일이 참 많습니다. 제가 특별히 아끼는 후배 지유 양을 통해 트로트라는 장르에 대한 인식을 바꾸어 버리지를 않나, 또 성률이나 동철이, 현이랑 함께 협업을 통해서 침체기를 깨고 훌륭한 발라드 앨범을 선보였습니다. 제가 아끼는 후배인 엘시 양도 성공적으로 재기시켰죠. 그 친구, 뭐랄까, 참 괜찮은 친구 같습니다.]


현우의 입가에 커다란 미소가 지어졌다. 현우와 어울림의 음악적 노력을 배철수가 완전히 꿰뚫어 보고 있었다.

"오빠 인기 좋네요?"

"열심히 했을 뿐이지, 뭐."

"그렇긴 해요. 오빠, 이 기회에 개명해요. 배철수 선생님도 김태식이라고 알고 계시는데."

송지유가 또 현우를 놀렸다. 밴 뒷좌석에서 폭소가 쏟아졌다.

"김은정, 그냥 마저 자라. 깨자마자 제일 크게 웃네. 오늘 사려라."

"네, 대표님. 그래도 기분은 좋으시겠어요. 배철수 선생님이 인정해 주시잖아요."

"우리 대표님 괴롭히지 마세요."

막내 이솔이 조용히 한마디를 거들었다.

"이얼, 솔이 방금 좀 멋있었다? 역시 챙겨주는 건……."

"오빠, 잠깐만요."

송지유 덕분에 현우는 라디오를 들을 수 있었다.


[개인적인 바람은 지금 한국 락이 침체기도 아니고 완전히 사장을 당하지 않았습니까? 어울림 엔터테인먼트의 젊은 대표가 한번 락 장르를 시원하게 부활시켜 줬으면 합니다. 너무 어려운 부탁인가요? 허허. 그럼 다음 곡 들어보죠. 침체된 대한민국 락이 부활하기를 바라며 다음 곡은 1990년대 활동한 제 직속 후배이자 불꽃 락커로 유명했던 신현우의 대표곡입니다. 'Sad Cry'.]


라디오에서 오래된 옛 노래가 흘러나왔다.

"배철수 선생님 라임 보셨어요? 김현우 대표님에게 부탁한다 말씀하시고 신현우라는 분의 노래를 틀어주시네요?"

엘시가 배철수의 날카로운 센스에 감탄했다. 성만 다르지 현우와 이름이 똑같았다.

"신현우 선배님 노래 좋은데?"

송지유가 무심코 말했다. 엘시가 깜짝 놀랐다.

"신현우 선배님? 저분 노래 알아?"

"네, 언니."

"너 스무 살 맞아? 솔직하게 말해봐. 사실 서른 살이지?"

"아니거든요."

"송지유는 발끈하는 것도 귀여운 거 같아."

엘시가 느끼한 표정을 지었다.

'신현우라······.'

현우도 신현우를 알고 있었다.

1990년대 후반의 가요계는 1세대 아이돌 돌풍이 서서히 잦아들며 또 하나의 음악 장르가 유행했다. 바로 락 발라드였다. 당시 언더에서 활동하던 많은 보컬들이 락 발라드라는 장르 아래 데뷔했다. 수많은 보컬이 앨범을 냈고, 신현우는 달랑 정규 앨범 하나를 발매한 가수였다.

불꽃 락커란 별명답게 굵직한 정규 앨범 하나만을 발매한 채 신현우는 데뷔 1년 만에 은퇴했다. 마약을 했다느니 운전을 하다 교통사고로 사람을 죽였다느니 또 공연 중에 정치인의 머리를 기타로 내려쳤다느니 하는 흉흉한 소문만 돌았고, 이내 대중들의 기억 속에서 사라졌다.

하지만 현우는 그를 기억하고 있었다. 지금도 노래방에 가면 신현우의 노래를 부를 정도였다. 그사이 명곡 'Sad Cry'가 밴 안으로 울려 퍼졌다. 송지유가 허밍으로 노래를 따라 불렀다.

＊　　　＊　　　＊

"오늘 정말 많은 분들이 오셨네요. 벌써 소문이라도 난 건가요?"

KBN의 음악 프로 '유시열의 스케치북'의 녹화도 중반부를 지나고 있었다. 신관 공개홀은 방청객으로 가득 들어차 있었다.

힙합 그룹 두 팀이 앞서 공연을 했지만 방청객들은 초롱초롱한 눈빛을 하고 있었다.

"다들 너무 쌩쌩하신데요? 진짜 소문이 났나 보다. 큰일이다."

방청객들이 뜨거운 호응을 보내고 있었다. 유시열이 마이크를 잡고는 무대를 돌아다녔다. 그러다 자리를 딱 잡았다.

"그럼 여러분이 기대하고 기대하던 분을 모시겠습니다."

"와아아!"

방청객들이 일제히 객석에서 일어났다. 무대가 어두워지며 방청객들이 그렇게 기다리고 기다리던 엘시가 등장했다.

자유로운 느낌의 보헤미안 의상을 입은 엘시가 기다란 금색 머리카락을 휘날리며 무대로 올라섰다.

"아이돌 왕이다!"

"엘시 갓!"

이번에 새롭게 생긴 별명들이 쏟아졌다. 엘시가 싱긋 웃으며 손을 흔들어주었다.

"어? 뭐야? 갓부기다!"

"갓 지유다! 갓 지유도 나왔다!"

이솔과 송지유가 나타나자 객석은 초토화가 되었다. 방청객들이 난리가 났다. 통제가 되지 않을 정도였다.

이솔이 그랜드피아노 앞에 앉았다. 송지유는 그 옆 의자에 앉아 김동철이 직접 선물해 준 클래식 기타를 무릎에 올려놓았다.

송지유의 클래식 기타 연주 소리에 혼란에 빠져 있던 객석이 차차 잦아들었다. 엘시가 허밍으로 곡의 시작을 알렸다. 이솔의 피아노 연주와 함께 세션들도 합주를 시작했다.

깊고 진한 재즈풍의 전주에 관객들도 마음을 가다듬고 노래에 귀를 기울일 준비를 마쳤다.

엘시가 검은색 스탠딩 마이크를 잡았다. 그리고 입술을 떼었다. 'Rain Spell'의 첫 라이브 무대였다.

엘시의 깊고 허스키한 보이스가 방청객을 빨아들였다.

"오빠, 무대 위로 진짜 장맛비가 내리는 거 같지 않아요?"

대기실에 있던 김은정이 엘시의 노래에 푹 빠져 있었다. 현우도 고개를 끄덕였다. 표현이 조금 오글거리는 했지만 엘시의 음악성과 감수성이 장맛비처럼 쏟아지고 있었다.

더군다나 송지유는 클래식 기타를 들고, 이솔은 그랜드피아노 앞에서 연주를 하며 엘시를 지원 사격 하고 있었다.

기획사 대표로서 지금보다 흐뭇한 광경은 없었다. 현우의 행복 회로가 빠르게 돌아가고 있었다.

\*        \*        \*

무대가 끝이 났다. 엘시의 사연을 알고 있는 일부 여성 팬들은 눈물까지 흘리고 있었다. 무대를 감상하던 유시열이 다시 무대 중앙으로 걸어나왔다.

그 역시 깊은 감동을 받은 눈치였다.

"역시 다르다. 아이돌의 왕답네요."

방청객에서 엘시 갓이라는 외침들이 쏟아졌다. 유시열이 고개를 빠르게 끄덕였다.

"일단 세 분 모두 앉으세요."

엘시, 송지유, 이솔 순서로 의자에 앉았다. 유시열이 어울림 소속의 세 가수를 슥 살펴보고는 감탄을 내뱉었다.

"여러분, 그림 같지 않아요? 그리고 여러분, 지금 상황은 현실입니다. 꿈 아닙니다."

"와아아!"

방청객들이 환호성으로 대답을 대신했다. 유시열이 깊게 숨을 골랐다. 국민 소녀라고 불리는 송지유와 국민 아이돌 i2i의 센터 이솔, 그리고 전설의 아이돌로 남을 엘시가 한자리에 모여 있다.

"이거 쉽게 볼 수 없는 그림입니다. 여러분, 방금 전 무대 말이죠, 제가 장담하는데 레전드 무대로 기억될 겁니다. 그렇지 않아요, 엘시 님? 지유 님? 솔 님?"

방청객들이 웃음을 터뜨렸다. 유시열이 씩 웃었다.

"제가 특별히 좋아하면 존칭을 붙이거든요."

"선배님, 부담되는데요?"

엘시가 눈웃음을 지으며 말했다. 유시열이 손사래를 쳤다.

"아니에요. 내가 좋아서 하는 겁니다. 지유 여왕님은 이해하시죠?"

"네?"

여왕님이라는 호칭에 송지유가 눈을 동그랗게 뜨며 놀랐다. 방청객들이 또 웃음을 터뜨렸다.

"자자, 제가 너무 흥분했네요. 이제 소개를 해주시겠어요?"

엘시가 먼저 자리에서 일어났다.

"안녕하세요! 걸즈파워 리더인 엘시입니다! 리메이크 앨범과 솔로 앨범으로 아이돌의 왕 엘시가 돌아왔습니다!"

박수와 환호성, 그리고 웃음이 동시에 터졌다. 역시 엘시였다. 예능감은 그대로였다. 대기실에서 화면을 통해 보고 있던 현우가 빙그레 미소를 지었다.

엘시의 인사가 끝나자 송지유가 자리에서 일어났다. 7부 청바지에 하얀색 무지 라운드 티, 그리고 가죽 재킷만 걸쳤지만 조명을 받은 송지유는 자체 발광을 하고 있었다.

"아니, 왜 이렇게 예쁘냐? 사람이야?"

"자기, 나보다 더 예뻐?"

"생각 좀 하고 물어봐."

"지금 뭐라고 했어?"

"아, 아니야! 말이 잘못 나왔어!"

객석에 앉아 있던 어느 커플에게 순식간에 갈등을 안겨준 송지유가 꾸벅 고개를 숙였다.

"오랜만에 찾아뵙네요. 송지유입니다."

엄청난 환호가 쏟아졌다. 마지막으로 막내 이솔이 자리에서 일어났다. 수줍어하는 이솔의 모습에 방청객들의 눈동자가 커졌다.

"귀엽다! 진짜 귀엽다!"

"솔아! 언니가 왔어!"

방청객들의 환호에 이솔이 헤헤 웃으며 손을 흔들었다. 그리고 꾸벅 고개를 숙였다.

"안녕하세요! 소녀들의 꿈은 무대 위에! i2i의 이솔입니다! 잘 부탁드립니다!"

객석은 그야말로 축제 분위기였다. 유시열도 어울림 소속의 세 가수를 보며 더없이 흐뭇한 얼굴을 하고 있었다.

"매번 오늘만 같으면 우리도 시청률 10% 넘겠는데요? 이럴줄 알았으면 이번 주는 다연 씨, 그다음 주는 지유 씨, 또 다음 주는 i2i를 섭외할 걸 그랬네요. 아하, 부족했다, 작가들."

"다음 주에 또 나올게요."

엘시가 유시열의 멘트를 재치 있게 받아쳤다.

"진짜죠? 이거 녹화 다 됩니다. 아, 여러분, 요즘 대한민국에 세 명의 갓이 있다고 합니다. 궁금하시죠?"

유시열이 미처 정답을 알려주기도 전에 방청객들이 답을 말하기 시작했다.

"네, 그렇습니다. 갓 지유, 갓부기, 엘시 갓, 이렇게 세 분이

요즘 대한민국 세 명의 갓이라고 불리는데 아셨습니까?"

"알고 있었죠."

엘시가 대답했다. 방청객들이 환호했다. 유시열이 손을 들어 그런 방청객들을 다독였다.

"여러분, 또 하나 전해 드릴 사실이 있습니다. 다연 씨의 신곡이자 요즘 나가기만 하면 나오는 노래 Rain Spell을 만든 작사가이자 작곡가 선생님이 바로 여기 있는 이솔 씨라고 합니다."

방청객들의 박수가 쏟아졌다. 이솔이 헤헤 웃었다. 어울림 엔터테인먼트 측의 보도 자료를 통해 엘시의 신곡을 만든 원작자가 이솔임이 밝혀졌고, 대중들은 크게 놀라야 했다. 그리고 대중보다 더 놀란 사람이 있었는데 바로 유시열 같은 가요계의 저명인사들이었다.

열일곱 살 소녀가 만든 곡이었다. 곡의 완성도는 물론이고 곡의 깊이가 남달랐다. 이솔을 바라보는 유시열의 눈동자로 기이한 열망이 어렸다.

"이런 사람을 보고 천재라고 하는 겁니다, 여러분."

"아, 아니에요! 천재는 아니에요!"

이솔이 부끄러워하며 손사래를 쳤다.

"겸손하기까지 하네. 보통 천재들은 거만하거든요. 저처럼요."

"아하하!"

이솔이 크게 웃었다.

"어? 비웃는 거예요?"

"아, 아닙니다! 죄송합니다!"

이솔이 얼굴을 붉혔다. 엘시가 귀여워 죽겠다는 표정을 했다. 방청객들도 마찬가지였다.

"자, 그럼 이쯤에서 화제를 전환하겠습니다."

유시열이 손에 들고 있던 큐시트를 내렸다.

"이건 대본에는 없는 질문인데요, 조금 곤란할 수도 있습니다, 다연 씨."

"괜찮아요. 얼마든지 질문해 주세요."

"자, 그러면… 송지유 대 이솔."

"송솔!"

"이야! 역시 엘시다! 안 걸리네?"

또 박수가 쏟아졌다. 사실 유시열이 농담을 건넨 이유가 있었다. 조금은 까다로운 질문이었기 때문이다. 그리고 눈치 백 단인 엘시가 이를 모를 리가 없었다.

"자, 그러면 질문하겠습니다. 첫 인사 때 걸즈파워의 리더인 엘시라고 소개했는데요, 사실 조금 논란이 있을 수도 있는 말 아닐까 합니다만. 다연 씨, 대답하기 곤란하면 하지 않아도 좋습니다."

"아니에요. 일부러 제가 그렇게 인사를 한 건데요? 모르셨나 보다."

"아, 그래요? 그럼 어떤 의미로?"

방청객들이 숨을 죽였다. 엘시가 당당하게 입을 열었다.

"걸즈파워를 탈퇴하긴 했지만 하고 싶어서 한 탈퇴는 아니었어요. 정말 저는 살고 싶었거든요. 그리고 한순간도 우리 걸즈파워 멤버들을 잊은 적이 없어요. 저 솔로 앨범 잘되고 있잖아요? 돈 많이 벌어서 우리 걸즈파워 멤버들이랑 다시 노래하고 싶어요."

오오! 방청객들이 폭발적인 반응을 보였다. 폭탄 발언이었지만 속이 시원했다. 시종일관 장난기 가득하던 유시열도 조금은 다른 눈동자로 엘시를 보고 있었다.

"돈이 엄청 필요할 텐데요?"

"아, 그러네."

엘시가 눈살을 찌푸리며 웃었다. 그런데 송지유가 갑자기 마이크를 들었다.

"저도 보탤게요."

"오오!"

무심한 듯 내뱉는 발언이었지만 방청객들은 난리가 났다. 이솔도 손을 들었다.

"저, 저도요."

"와아아!"

방청객들이 갓 지유, 엘시 갓, 갓부기 등을 연호하기 시작했다. 무슨 종교 집회 같았다.

유시열이 이마를 긁적였다.

"김현우 대표님이 평소 고생이 많겠네요. 사실 저도 기획사 하나를 운영 중이거든요. 김현우 대표님한테 조언 많이 받아야겠다. 나는 이런 식이면 일 못 해. 그런 의미에서 김현우 대표님을 모셔보겠습니다!"

"와아아!"

관객들의 함성이 대기실까지 전해져 왔다.

"나?"

"응, 오빠요."

"아니, 이거 대본에 없었잖아?"

현우는 당황스러웠다. 그런데 이미 작가들이 대기실로 뛰어 들어왔다.

"대, 대표님! 죄송합니다! 죄송합니다!"

작가들이 거듭 사과를 해왔다. 오히려 현우와 김은정이 민망할 정도였다. 대답할 새도 없이 김은정이 빠르게 왁스를 바르고 머리를 만졌다. 그리고 간단하게 비비를 발라주었다.

"빨리 뛰어가요! 지유 노래도 하나는 들어야죠! 오빠!"

"오케이!"

현우는 부랴부랴 작가들을 따라 무대로 올라갔다. 정말로 현우가 등장하자 방청객들이 뜨거운 환호를 보내왔다.

무대로 올라간 현우가 유시열의 옆으로 앉았다. 갑자기 마이크도 주어졌다.

"안녕하세요, 김현우 대표님?"

"아, 네! 김현우입니다, 선생님."

"선, 선생님이요? 저는 김현우 대표님을 가르친 적이 없는데요?"

방청객들이 폭소를 터뜨렸다. 송지유가 한숨을 내쉬며 고개를 저었다.

"어? 방금 지유 씨가 한숨을 쉬셨습니다."

또 웃음이 터졌다. 문득 궁금증이 생긴 유시열이 송지유에게 물었다.

"그런데요, 지유 씨는 평소 김현우 대표님을 뭐라고 불러요? 두 분은 유명하시잖아요. 오누이처럼 가깝기로."

"김태식이라고 불러요."

"네? 하하하!"

객석이 떠나가라 웃음소리가 터졌다.

"야! 지유야!"

당황한 현우를 보고도 송지유는 눈 하나 깜짝하지 않았다. 그 모습에 방청객들의 웃음소리가 더 길어졌다.

사태가 진정되자 유시열이 현우에게 질문을 건넸다.

"요즘 김현우 대표님도 인기 좋으시잖아요. 1등 신랑감 이미지도 있고 국민 남친이라는 별명도 있다고 들었습니다."

"제가요? 처음 들어보는데요?"

"그럼요. 저희 작가들이 그냥 쓴 거니까요. 이 방송 나가면 별명 하나 더 생기시겠네요."

방청객들이 웃음을 터뜨렸다. 조연출들이 굳이 유도하지 않아도 될 정도였다.

"하아, 이거 곤란한데요? 사실 김태식이라는 별명 하나도 버겁습니다."

"하하, 그런 의미로 그 명대사 한번 보여주시죠, 대표님."

현우는 아차 싶었다. 스스로 무덤을 판 꼴이었다.

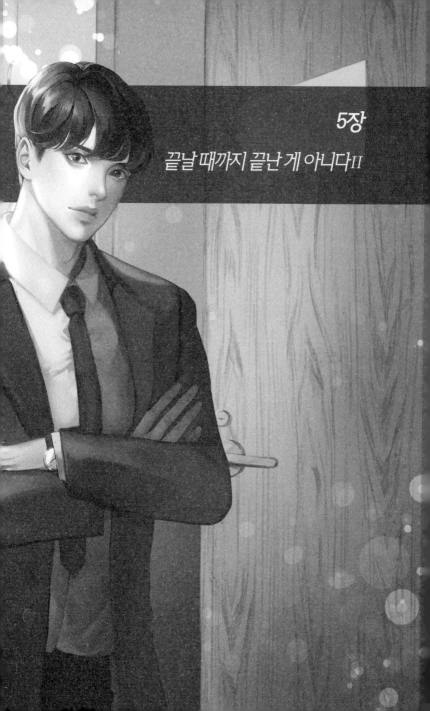

5장

끝날 때까지 끝난 게 아니다 II

허름하고 낡은 포장마차. 자갈이 깔린 바닥 위에는 테이블 네 개가 전부였다. 심지어 손님이라곤 고작 두 명뿐이었다.

30대 중후반으로 보이는 사내가 소주잔에 채워져 있는 소주를 하염없이 바라보고 있다.

"형."

"그래, 현우야."

"소주 말이야, 물처럼 투명하고 맑지만 막상 마시면 쓰잖아."

"그러냐."

"내 인생 같지 않나 싶어."

"……"

두 사내는 말없이 소주잔을 마주쳤다. 그리고 잔을 비워냈다. 처음 말을 꺼낸 사내가 텅 비어버린 소주잔을 바라보았다.

"왜 내 인생은 채워도 채워지지가 않을까? 채워졌다 싶어도 쓰기만 해, 형."

"……"

올해 마흔네 살이 된 이정철은 눈앞의 조각 같은 사내를 안타까운 듯 쳐다보고 있었다. 물 빠진 낡은 청바지에 낡은 가죽 재킷, 수려하던 외모도 이제는 서서히 세월에 빛을 잃어가고 있었다.

신현우. 1999년 혜성같이 데뷔하여 혜성같이 져버린 락커였다. 그리고 이정철은 한때 그의 매니저였다. 불꽃 락커는 세월의 풍파에 불꽃마저 모두 잃은 상태였다. 대중들의 기억 속에서 지워진 한물간 마흔 살의 락커. 그게 신현우의 현실이었다.

이정철의 시선이 낡고 해진 가죽 부츠로 향했다. 그 부츠가 꼭 신현우를 보는 것 같아 마음이 씁쓸했다. 이정철이 지갑을 꺼냈다. 그리고 5만 원짜리 지폐 하나를 꺼냈다.

"현우야, 형이 돈이 이것밖에 없다."

"형?"

"받아. 가는 길에 아이들 먹을 거나 사 갖고 들어가."

"…나 돈 못 받아."

신현우가 지폐를 다시 이정철의 지갑으로 넣었다.

"현우야!"

"됐어. 형도 그 개새끼 빚 대신 갚느라 고생 많았잖아. 못 받아."

신현우를 데뷔시킨 태양기획사의 사장은 막대한 사채 빚을 이정철과 신현우에게 떠넘기고 자살로 생을 마감했다. 이정철이나 신현우는 10년 넘게 각자의 빚을 갚으며 세월을 보내야 했다.

"너 언제까지 그렇게 살 거야?"

신현우는 말이 없었다. 그저 빈 소주잔에 소주를 채웠다.

"언제까지 락커니 뭐니 자존심 세우면서 살아갈 거야? 지혜랑 지선이도 점점 크고 있잖아. 지혜랑 지선이가 불쌍하지도 않아? 50만 원도 아니고 이깟 5만 원짜리 한 장 받는 게 그렇게 자존심 상하는 일이냐, 이 자식아?!"

"형이 뭘 알아?"

신현우가 주먹으로 쾅 테이블을 내려쳤다. 소주잔이 엎어지고 테이블로 소주가 흘러내렸다.

"너 언제까지 시간 낭비하면서 살 건데? 신현우가 노래를 하면서 살아야지 동대문에서 그 무거운 옷 나르는 게 말이 되냐? 너 어깨 상하면 기타는 어떻게 칠 건데?"

"노래? 지금 내가 어떻게 노래를 부를 수 있는데? 아직 애들이 어려. 엄마도 없는 아이들이야. 내가 옆에 있어줘야 한다고, 형!"

신현우의 시선이 바닥에 흐르고 있는 소주로 향했다. 락커이던 그는 노래를 버리고 동대문에서 옷을 나르며 가장의 무게를 지탱하고 있었다. 태양기획사가 망하며 떠안은 빚 때문에 오래전 아내에게 이혼을 당했다. 두 딸도 변변한 옷가지 하나 사주지 못하고 주변에서 얻어 입히며 키우고 있었다.

"밤무대라도 오르자, 현우야. 지금보다는 훨씬 나아질 거야."

"애들은 누가 봐주는데? 밤에 아이들만 두고 밖에 나가서 일할 수는 없어. 그리고 나보고 그딴 곳에서 노래를 부르라고? 차라리 음악을 포기하는 게 나아."

신현우는 아직 락커의 자존심을 버리지 못했다. 아니, 버릴 수가 없었다. 아직도 두 딸은 아빠를 자랑스러운 가수로 생각하고 있었다.

"자존심만 산 자식."

정적이 감돌았다. 신현우와 이정철은 각자의 생각에 잠겨 있었다. 그때 라디오 소리가 흘러나왔다.

배철수의 목소리였다.

[개인적인 바람은 지금 한국 락이 침체기도 아니고 완전히 사장당하지 않았습니까? 어울림 엔터테인먼트 젊은 대표가 한번 락 장르를 시원하게 부활시켜 줬으면 합니다. 너무 어려운 부탁인가요? 허허. 그럼 다음 곡 들어보죠. 침체된 대한민국 락이 부활하기를 바라며 다음 곡은 1990년대 활동한 제 직속 후배이자 불꽃 락커로 유명했던 신현우의 대표곡입니다. 'Sad Cry'.]

신현우의 유일무이한 히트곡이자 대표곡이 흘러나왔다.

*그대여 슬픈 눈물 흘리지 마*
*그대의 눈물 내 마음을 아프게 해*
*슬픈 눈물은 흘리지 마*
*그 눈물 내가 대신 흘릴게*

허스키하고 거친 음색이 귓가를 파고들었다. 신현우의 눈가가 붉어졌다. 이정철도 마찬가지였다.

"저때 기억 나냐? 야생마 같은 놈 하나 때문에 고생 참 많이 했었지, 내가."

신현우가 픽 웃었다.

"그랬지. 형도 그때는 내 덕분에 잘나갔잖아. 내가 개새끼이긴 했는데 내 사람들한테만은 개새끼 아니었어."

"그랬지. 의리 하면 신현우였지."

이정철도 신현우도 흘러나오는 라디오를 들으며 추억에 젖었다.

"현우야, 전화 왔다. 받아라."

신현우가 전화를 받았다.

—지선 아버님!

"네, 접니다, 선생님."

올해 초등학교 2학년인 막내딸 지선의 담임 여선생이었다. 그런데 목소리가 심하게 떨리고 있었다.

—지선 아버님, 큰일 났어요! 지선이가 정신을 잃고 쓰러졌어요! 119를 부르긴 했는데, 아버님께서 빨리 오셔야 할 것 같아요!

"뭐라구요?! 제, 제가 그리로 가겠습니다."

전화를 끊었다. 귀가 멍했다. 라디오에서 흘러나오던 노랫소리가 더 이상 들리지 않았다.

"현우야? 현우야?!"

이정철의 고함에 신현우가 정신을 차렸다.

"형, 지선이가 쓰러졌대."

신현우가 머리카락을 쥐어짜며 얼굴을 일그러뜨렸다. 뒤이어 신현우는 포장마차를 뛰쳐나갔다. 그의 손에는 5만 원짜리 지폐 한 장이 들려 있었다.

*　　　*　　　*

"김태식! 김태식!"

방청객들이 현우의 별명을 연호했다. 송지유를 시작으로 엘시와 이솔도 방청객들을 따라 김태식을 연호했다.

"하아."

현우가 길게 한숨을 내쉬었다. 녹화 중이라 차마 뺄 수도 없었다. 이왕 할 거면 확실하게 해서 방청객들을 웃게 하는 편이 낫겠다는 생각이 들었다.

현우가 마이크를 쥐고 객석을 응시했다. 그리고 나름 감정을 잡았다.

"꼭 이렇게 개인기 시켜야 했냐? 그렇게 꼭 시켜야만 속이 후련했냐?"

현우가 혼신의 힘을 다해 성대모사를 했다.

"하하하!"

유시열이 크게 웃었다. 방청객들도 폭소를 터뜨렸다. 막상 해놓고도 현우는 헛웃음이 나왔다. 엘시가 잘했다며 물개 박수를 쳐주었다.

"하하! 김현우 대표님이 커피 광고를 괜히 찍으신 게 아니구

나. 연기도 곧잘 하시는데요? 그렇지 않습니까, 여러분?"

"네!"

방청객들이 한목소리로 호응을 보내왔다. 현우는 감사하다며 고개를 숙여 보였다.

"사실 말이죠, 김현우 대표님의 대외적인 이미지가 친숙한 동네 오빠? 동네 형? 이런 이미지잖아요. 그런데 여러분, 한 가지 알고 계셔야 할 사실이 있습니다. 저희 작가진이 조사를 해봤는데요, 김현우 대표님은 어울림 엔터테인먼트를 운영한 지 1년도 채 되지 않아 4대 기획사의 반열에 올려놓으셨습니다. 또 최근 설문조사에 의하면 존경받는 기업인 2위에 뽑히셨다고 합니다!"

방청객들이 박수를 보내왔다. 현우는 얼떨떨했다. 기업인이라는 호칭도 어색한데 무려 존경받는 기업인이었다. 게다가 2위라니 당황스럽기까지 했다.

"별로 크게 기쁘지 않으신 것 같은데요?"

유시열이 물었다.

"작가분들이 자체 설문조사하신 건 아니죠?"

현우는 일단 의심부터 했다.

"아닙니다. 공식적인 자료라고 하네요. 그럼 김현우 대표님한테 직접 소감을 한마디 듣겠습니다."

"소감이요?"

현우가 머리를 긁적였다. 그러다 진중한 얼굴을 했다.

"사실 저 혼자만의 힘으로 어울림 엔터테인먼트를 운영한다는 생각은 하지 않고 있습니다. 어울림 식구들이 힘을 합쳐서 회사를 이끌어가고 있는 것이죠. 존경받을 만한 기업인이라… 상당히 부끄럽고 부담스러운 칭찬이십니다. 기대에 부응하도록 더욱 열심히 일해야겠네요. 감사합니다."

솔직하고 담백한 소감에 방청객들이 고개를 끄덕였다.

"역시 소탈한 대표님이시네요. 그리고 갑작스럽게 대표님을 무대 위로 올린 점 사과드리겠습니다."

"아닙니다. 다들 좋아해 주시니 저도 마음이 놓입니다."

현우가 빙그레 웃었다.

"그럼 이쯤에서 질문 하나 더 드리겠습니다."

"하하, 떡밥을 뿌리신 거였군요?"

절로 쓴웃음이 지어졌다. 사실 현우는 무대 아래로 내려갈 채비를 하고 있었다. 그런데 유시열이 질문이 더 있다고 한다.

"방청객 여러분께서는 노래를 더 듣고 싶어 하실 것 같은데요?"

"그럴 리가요. 여러분, 김현우 대표님의 이야기를 더 듣고 싶지 않으십니까?"

"네!"

"보세요. 원하시잖아요. 다들."

방청객들마저 현우의 발목을 잡았다.

"대표님, 그냥 받아들이시면 편해요."

엘시가 유시열과 방청객을 거들었다. 결국 현우는 피식 웃으며 다시 자세를 바로 했다.

"질문하시죠."

"그런 자세 아주 좋습니다. 그럼 질문 드리겠습니다. 여자 친구는 있으십니까?"

"없습니다."

"이상형은요?"

"특별히 없습니다. 개개인이 가지고 있는 매력들이 다 다르니까요."

"보통 이런 분들이 연애도, 결혼도 어렵습니다. 제가 그랬거든요."

방청객들이 크게 웃었다. 송지유는 혼자서 진지한 얼굴로 고개를 끄덕이고 있었다. 유시열이 또 그걸 놓치지 않았다.

"방금 지유 씨 고개 끄덕이는 거 보셨습니까, 여러분? 자, 그럼 지유 씨, 김현우 대표님이랑 워낙에 친하시니까 드리는 질문입니다. 진짜 여자 친구 없습니까?"

"없어요. 눈치가 정말 없거든요. 좋아하는 티를 팍팍 내도 눈치 못 챌 거예요."

왠지 모르게 현우는 억울했다. 눈치가 없다고? 진짜 억울했다.

"그럼 지유 씨한테 묻겠습니다. 김현우 대표님에겐 어떤 유형의 여자 친구가 어울릴까요? 지유 씨의 생각이 궁금하네요."

송지유가 잠시 멈칫했지만 그 누구도 눈치채지 못했다.

"대표님한테는 어느 여자든 잘 어울릴 거라고 생각해요. 답답하고 눈치가 없긴 하지만 오지랖도 넓고 정이 많거든요. 꽤 쓸 만한 사람이에요."

칭찬인지 아니면 디스인지 아리송한 대답이었다. 유시열이 잠시 생각하다 크게 웃었다.

"지유 씨의 여왕님 포스가 장난이 아니구나. 제가 보기에는 지유 씨가 김현우 대표님이랑 잘 맞는 것 같은데요?"

"네?"

송지유가 살짝 당황하다가 눈살을 찌푸렸다. 현우도 하마터면 사래가 들려 오디오 사고가 날 뻔했다. 분위기가 어색해지려는 찰나 엘시가 마이크를 들었다.

"제가 더 대표님이랑 잘 어울리지 않나요?"

"다연 씨가요?"

"네. 대표님이랑 저는 스캔들도 났던 사이잖아요. 잊으셨어요?"

"맞다! 그랬지! 그런데 그거 오보죠?"

"당연하죠! 그리고 지유 말처럼 우리 대표님 눈치 정말 없으세요. 여자가 좋아해 줘도 모르실 분이에요."

객석에서 웃음이 쏟아졌다.

'살았다.'

현우는 안도했다. 엘시가 토크에 끼어들지 않았다면 분위기가 묘해질 뻔했다. 현우가 송지유를 쳐다보았다.

왜 그랬냐는 의미로 현우가 눈총을 보냈다. 송지유가 자그맣게 입을 열었다.

'똥?'

아마 똥 멍청이라고 하는 것 같았다.

그사이 토크는 계속되었다. 엘시에 이어 이슬과 대화를 나누던 유시열이 현우에게로 다시 토크 방향을 틀었다.

"자자, 그럼 대표님께 마지막 질문을 드리겠습니다. 조금 전에 다연 씨가 걸즈파워 멤버들과 함께 노래를 다시 부르고 싶다는 말을 했습니다. 소속사 대표님 입장에서 어떻게 생각하십니까?"

민감한 질문이었다. 하지만 이미 온 세상이 엘시의 사연을 알고 있었다. 또 어울림 엔터테인먼트와 S&H 엔터테인먼트 간의 경쟁 구도도 잘 알고 있었다.

"흐음."

현우가 길게 숨을 내쉬었다. 사실 현우와 어울림 엔터테인먼트 쪽에서 먼저 이빨을 내보인 적은 없었다. 대한민국 사회에 만연해 있는 갑질. 갑을병정이라는 시스템 속에서 S&H는 늘 당연히 그랬듯 갑의 위치에서 어울림을 대했을 뿐이다. 다만 어울림이 을이 아니었을 뿐이다.

잠시 오디오가 비었지만 유시열도 그랬고 방청객들도 차분히 현우의 대답을 기다렸다.

"어렵네요. 제가 알기로 걸즈파워 멤버분들의 계약 기간이 서로 다 다른 걸로 알고 있습니다. 또 제가 함부로 말할 수 없는 게 그쪽에서 저희 어울림에 엄청나게 신경 쓰고 계시거든요."

"대표님한테는 안 좋게 헤어진 전 여친 수준일걸요? 술만 먹으면 새벽에 전화 오고 막 데리러 오라고 하고."

엘시가 활짝 웃으며 말했다. 농담이었지만 독설이었다. 유시열이 잠시 움찔했다. 송지유도 살짝 웃었다.

"이야, 다연 씨가 확실히 세다. 김현우 대표님, 지유 여왕님도 모셔야 하고 이제는 다연 씨까지 아주 고생이 많으시겠습니다."

"하하, 저는 익숙해서요. 대신 착한 솔이가 있으니까요. 괜찮습니다."

"헤헤."

현우의 말에 이솔이 거북이 웃음을 머금었다. 현우가 이솔을 슥 보고는 하던 말을 이어갔다.

"기회가 된다면 다연 씨의 바람이 이루어질 수도 있을 겁니다. 우선 오늘은 여기까지만 말씀드리겠습니다."

객석에서 뜨거운 박수가 쏟아졌다. 엘시가 감동을 받은 얼굴을 했다.

*     *     *

토크의 방향은 엘시에서 현우에게 갔다가 이번에는 송지유에게로 향했다. '유시열의 스케치북' 제작진은 어울림 엔터테인먼트 소속 가수들에게 엄청난 분량을 할애하고 있었다.

"최근에 말입니다, 지유 씨가 출연하고 있는 '차가운 도시의 법칙'이라는 예능 프로가 엄청난 인기를 끌고 있지 않습니까? 겨우 첫 방송이 나갔을 뿐인데 반응이 장난이 아니에요. 그렇죠, 지유 씨?"

"네. 많은 시청자분이 좋아해 주셔서 정말 감사할 따름이에요."

"그 뭐랄까, 여왕님 이미지가 강했잖아요. 그런데 요즘 이미지가 바뀌고 있단 말이에요. 어때요? 마음에 들어요?"

"나쁘지 않은 것 같아요. 요즘 팬카페를 들어가 보면 팬분들이 잠이 잘 오는 침구나 향초 같은 것들을 추천해 주시기도 해요."

"하하! 그렇군요. 평소에도 그렇게 잠이 많아요?"

"네."

송지유가 곤란한 얼굴을 하며 살짝 웃었다. 방청객들도 송지유를 따라서 웃었다.

"이제 며칠 있으면 2회가 방송될 텐데 살짝 예고편 부탁드려도 될까요?"

"예고편이요? 작가 언니들이랑 피디 오빠가 곤란해하실 텐데. 아, 괜찮아요. 사실 첫 방송 나갈 때 공항 가기 전 장면을 제가 편집해 달라고 했거든요. 근데 그걸 고스란히 내보냈어요. 그러니까 저도 복수해야 할 것 같아요. 뉴욕 생활은 처음에는 정말 힘들었어요. 이 정도만 말씀드릴게요."

송지유가 뉴욕에서 죽을 고생을 했다? 방청객들은 더 큰 호기심을 떠안아야 했다. 역시 송지유답게 영리한 대처였다.

"그럼 질문 하나만 더 드리겠습니다. 국민 소녀, 천만 배우, 얼음 여왕, 갓 지유, 소녀 뮤지션, 잠자는 숲 속의 지유 등등 정말 많은 별명이 있잖아요. 이 중에서 지유 씨가 가장 좋아하는 별명은 뭐죠?"

송지유가 무표정으로 생각에 잠겼다. 송지유 특유의 표정이 나오자 방청객들이 '오오!' 하며 감탄했다. 송지유는 무표정일 때가 가장 예뻤기 때문이다.

"잠자는 숲 속의 지유로 할게요."

송지유가 살짝 웃으며 말했다. 유시열이 크게 웃으며 박수까지 쳤다.

"그럼 이쯤에서 노래를 들어봐야겠죠? 다연 씨 노래는 들었으니까 이번에는 지유 씨가 노래를 불러주셨으면 좋겠습니다. 여러분, 지유 씨 노래 중에 어떤 노래를 듣고 싶으세요?"

유시열이 객석을 향해 물었다.

"낙엽편지요!"

"가을이라서!"

"종로의 봄! 종로의 봄!"

송지유가 히트시킨 명곡들이 주르륵 나열되었다. 유시열이 손을 들어 보이며 객석을 진정시켰다.

"그럼 가을이라서 듣겠습니다."

방청객 일부가 아쉬움을 토로했다.

"왜냐 하면요, 여러분, 1집 마무리 앨범은 공식적인 무대가 없었습니다. 곡이 너무 좋은데 아쉽지 않으세요?"

유시열이 방청객들을 달랬다. 그러다 고개를 끄덕였다.

"하, 안 되겠네. 지유 씨, 그럼 가을이라서, 낙엽편지 두 곡 불러주실 수 있죠?"

"네, 불러드릴게요."

송지유가 생긋 웃으며 수락했다. 방청객들이 좋아서 난리가 났다. 송지유가 무대 중앙으로 걸어나갔고, 현우도 의자에서 일어나려 했다. 그런데 유시열이 현우의 손목을 잡았다.

"현우 씨, 노래 듣고 가요. 괜찮습니다."

"아, 예. 그럼 그럴까요."

현우도 의자로 앉았다. 거의 매번 무대 아래나 대기실에서만 송지유의 노래를 들었다.

송지유가 클래식 기타 줄을 튕기며 '가을이라서'를 부르기 시작했다. 송지유 특유의 맑고 청아한 음색이 무대를 넘어 방청객들을 사로잡기 시작했다.

'성장했구나, 송지유.'

뉴욕에서의 시간은 헛되지 않았다. 짧은 시간 동안 송지유의 감성적인 보컬 능력이 더욱 깊어져 있었다.

숨소리 하나하나, 가사 하나하나에 송지유만의 짙고 처연한 감성이 묻어났다. '가을이라서'에 이어 송지유는 공전의 히트곡 '낙엽편지'를 불렀다. 이솔이 직접 클래식 기타를 연주했다.

천재 작곡가 소녀라는 새로운 별명을 얻은 이솔도 라디오에서 들려주던 자작곡 '할 거야'를 열창했고 방청객들에게 많은 호응을 받았다.

장장 두 시간에 걸쳐 녹화가 진행되었지만 객석의 열기는 좀처럼 가라앉지 않았다. 어울림 엔터테인먼트 소속 세 가수의 매력에 방청객들은 푹 빠져들어야 했다.

*      *      *

　"급성 소아백혈병입니다. 지선이의 상태가 좋지 않아서 어쩌면 마음의 준비를 하셔야 할 수도 있습니다."

　병원 근처 벤치에 앉아 신현우는 어두워진 하늘을 바라보고 있었다. 의사가 한 말이 돌림노래처럼 머릿속을 맴돌았다.
　곤히 잠들어 있는 막내딸을 깨울 수 없어 신현우는 병실을 나왔다. 안주머니에 손을 넣어 신현우는 담배를 꺼내려 했다.
　"아빠!"
　큰딸 지혜가 책가방을 멘 채로 뛰어오고 있었다.
　큰딸에게는 지선이가 심한 감기에 걸려 영양 주사를 맞고 있다고 거짓말을 해놓은 상태였다. 아무것도 모르는 어린 딸은 동생이 건강해질 거라며 그저 해맑게 웃음 짓고 있었다.
　"짠!"
　큰딸 지혜가 신현우의 허리를 꼭 껴안았다. 올해 초등학교 4학년인 큰딸이 신현우를 올려다보았다.
　"아빠, 지선이 아직도 자?"
　"응. 동생이 많이 피곤했나 보다."

"그럼 우리 여기 있자. 지선이 푹 자게."

"그럴까?"

신현우는 애써 웃으려 했다.

"아빠, 근데 왜 눈동자가 빨개? 아빠 울었어?"

"아니. 아빠가 왜 울어?"

"그럼 삼촌이랑 술 마셨지, 또?"

"응."

"하유, 정말."

큰딸이 엄한 얼굴을 했다. 어느새 입도 삐죽 나와 있었다.

"아빠도 영양 주사 맞으면 좋을 텐데. 일하느라 맨날 어깨 아프잖아."

순간 신현우는 울컥했다. 두 눈에서 뜨거운 눈물이 흘러내리려 했다. 이를 악물고 주먹을 쥐었지만 소용없었다. 신현우는 급히 등을 돌렸다. 참을 새도 없이 끅끅 울음이 터져 나왔다.

"아빠, 울어? 응?"

"…아니. 아빠는 절대 안 울잖아."

"응. 아빠가 그랬잖아. 락커는 안 운다고."

겨우 감정을 추스른 신현우는 큰딸을 품에 안았다. 아직 어린 딸들이다. 그리고 어린 나이에 엄마마저 잃어야 했던 딸들이다. 막내딸이 병에 걸린 것도 모두 자신의 탓 같았다. 아니, 자신의 탓이 맞았다.

가장으로서 계속 도망만 칠 수는 없었다. 막내딸을 살려내야 했다. 신현우는 양 주먹을 꽉 쥐었다.

*       *       *

지난 토요일의 브라운관은 그야말로 어울림 엔터테인먼트의 독무대였다. 오후 9시 SBC에서 '차가운 도시의 법칙' 2회가 방송되었고, MBS에서는 서유희가 출연하는 '신(新) 콩쥐팥쥐전'이 방송되었다. 또 KBN2 채널에서는 자정 12시 '유시열의 스케치북'이 방송되었다.

일요일이 지나 월요일을 맞이하며 한 주가 시작되었지만 온라인과 오프라인 모두 '차가운 도시의 법칙'과 '신(新) 콩쥐팥쥐전', 그리고 '유시열의 스케치북'을 놓고 많은 이야깃거리가 만들어지고 있었다.

'차가운 도시의 법칙'은 남녀노소 가리지 않고 큰 사랑을 받기 시작했다. 토요일 밤 9시가 되면 온 가족이 모여 송지유의 좌충우돌 뉴욕 생활기를 시청했다. 1회에서 송지유의 잠투정과 엉뚱함이 큰 화제를 모았다면, 2회에서는 재즈 바에서 일하겠다는 당당한 포부와 달리 백조 생활을 이어가는 송지유의 모습이 큰 웃음을 주었다.

송지유의 팬카페 SONG ME YOU에서도 '차가운 도시의 법칙' 2회의 하이라이트 움짤이 큰 인기를 얻고 있었다.


84753 '차도법' 2회 주요 장면.GIF [송지유 사진사1]

잠에 취해서 토스트 먹는 송지유. ㅋㅋㅋㅋ

─침대에서 눈 감고 토스트 먹네? 햄스터냐? ㅋㅋ [지유라면]

─양손으로 들고 드시네요. ㅋㅋㅋㅋ [파송송지유]

─토스트 먹고 바로 잠. ㅋㅋㅋ [지유지요]

84754 실업자 갓 지유.GIF [송지유 사진사1]

일자리를 못 구한 백조의 우아한 커피 한 잔. ㅋㅋ

─이 부분에서는 어리다고, 동양인 여자라고 노래 한번 안 들어보고 그냥 가라고 하는 게 어이가 없었네요. 진짜 부들부들했네요. [얼굴천재송지유]

─저도요. 으, 그놈의 편견. 정말이지, 참. ㅠㅠ [지유의 휴일]

─마음 아프긴 했는데 재미도 있었습니다. 백조 송지유라. ㅋㅋㅋㅋ [지유는 꽃]

─역시 우리 지유 님은 멍하니 커피 마시는 모습도 아름다우시네요. ㅎㅎ [말년병장송지유]

84755 뉴욕 한복판에서 미친 미모 자랑하는 송지유.GIF [송지유 사진사1]

뉴욕에서 혼자 화보 찍는 송지유. ㅋㅋ

─미의 기준은 비슷하네요. 외국인들도 다 쳐다봄. [지유냐]

―하, 전화번호 좀 그만 물어봐라, 이놈들아! [지유충신]

―얼음 여왕님, ㄷㄷ 철벽도 얼음처럼 치심. [백조지유]

―김현우 대표님이 있었어야 하는데. ㅠㅠ [연대장송지유]

―미국 사람들 총 들고 다니는 거 모르세요?^^; [김현우]

―엇! 대표님이다! [얼굴천재지유]

―대표 양반, 왜 이렇게 오랜만이오? [지유충신]

―바빴죠. 회사 업무 보느라 죽겠습니다. [김현우]

―지유 님이 만드신 영양 유부초밥도 드시는 분이 엄살을? [지유는 꽃]

―제 말이요. 나쁜 사람. [얼굴천재지유]

―우리도 먹고 싶다! [송지유 사진사2]

―오케이. 다음 팬 미팅 때 기대들 해요. ㅋㅋ [김현우]

―도라지 유부초밥이랑 도라지 잼 샌드위치^^ [김현우]

―? 김현우 대표님? 내 음식 비하했어요? [꽃지유]

―헐! 지유 님 등판! [얼굴천재지유]

―지유 님 오셨습니까! 충성! [연대장송지유]

―ㅈㅅ 태명이가 글 쓴 거야. [김현우]

―오케이. 내일 둘 다 회사에서 죽었어. [꽃지유]


팬 카페에서의 반응은 뜨거웠다. 다른 커뮤니티도 상황은 비슷했다.

'차가운 도시의 법칙'에 이어 '유시열의 스케치북'에서의 주요 장면들도 커뮤니티들을 돌아다녔다.

기사도 연이어 쏟아졌다.

['유시열의 스케치북', 때 아닌 경사!]

토요일 자정 12시, KBN2 채널 '유시열의 스케치북'이 때 아닌 경사를 맞이했다. 솔로 싱글곡으로 장맛비 열풍을 불러일으킨 엘시와 국민 소녀 송지유, 그리고 i2i의 센터이자 천재 작곡가 소녀로 주가가 폭등한 이솔이 동시에 출연했기 때문이다. 두 시간에 걸친 녹화가 무색할 만큼 열기가 뜨거웠다는 후문이다. 어울림 엔터테인먼트의 김현우 대표도 깜짝 게스트로 출연하여 진솔한 모습을 보였으며 어울림 소속 세 가수가 환상적인 무대를 보여주었다는 평이다.

ーㄹㅇ 역대급 무대. 콘서트 수준이었음. 스케치북 다녀온 1인.

ー엘시는 엘시다! 엘시는 엘시다! 내가 내다!

ー여왕님! 경배합니다! 지유 여왕님이시여!

ー이솔이랑 송지유랑 엘시랑 같이 호흡 맞추는데 눈물 남. ㅠ

ー하, 그냥 어울림 엔터 특집으로 하지. 그럼 노래 한 곡이라도 더 들었을 텐데. 그렇지 않아요, 여러분? ㅜㅜ

ー대한민국 가요계 신진 3대 갓이 한자리에 다 모였어!

ー갓 지유랑 엘시 갓이랑 갓부기가 한 무대에 오르다니, ㅠㅠ

울림이들에게는 진짜 축복이었어. 김현우 대표님, 감사합니다!

─진짜 걸즈파워 멤버들 계약 끝나면 어울림으로 이적하는 거 아냐?

─가능성 있죠. 그는 김태식이니까요. ㅋㅋㅋ

"으음, 생각보다 반응이 좋은데?"

현우가 혼잣말을 중얼거렸다.

청담동 뷰티숍 몽마르트의 푹신한 소파에 앉아 현우는 핸드폰을 들여다보고 있었다. 기획사를 운영하면서 가장 행복한 때가 바로 헤드라인 기사와 대중들의 반응을 확인할 때였다.

현우의 입꼬리가 씰룩거렸다. 송지유표 예능 '차가운 도시의 법칙'도 가족 예능으로 자리매김하고 있었고, '유시열의 스케치북'에 세 명을 모두 출연시킨 것이 신의 한 수가 되어 있었다. 대중들이 어울림 소속 연예인들 때문에 웃고 즐거워하고 있었다.

훗날 계약 기간이 끝나면 걸즈파워 멤버들을 영입할 수도 있을 것이라는 현우와 엘시의 발언이 화제가 되며 여러 기사가 나왔지만, 현우는 별로 신경 쓰지 않았다.

"오빠, 어때요?"

어느새 송지유의 목소리가 들려왔다. 핸드폰 화면을 들여다보고 있던 현우가 고개를 들었다. 순간 현우는 '헉!' 하고 숨을 들이켰다.

정장 버튼이 달린 핫 레드 원피스에 머리부터 발끝까지 풀세팅을 하고 나왔다. 평소 잘 하지 않던 화장도 했고, 길게 풀고 있던 생머리도 고데를 했는지 본인이 유행시킨 여신 머리를 하고 있었다.

"호호! 지유 씨가 예쁘긴 진짜 예쁘다! 은정 씨는 좋겠어! 꾸밀 맛 나지 않아?"

"그래서 제가 학교도 휴학하고 따라다니고 있잖아요, 원장님."

현우는 어안이 벙벙했다. 공식 스케줄도 아닌데 화보에서나 볼 법한 모습을 하고 있었다.

"너 오늘 어디 가냐? 파티라던가 뭐 그런 데. 혹시 백악관에 초대라도 받은 거야?"

"왜요? 그냥 예쁘다고 하면 어디 덧나요? 요즘 풀어주니까 그런 식으로 군소리 나오는 거죠? 그렇죠?"

송지유가 현우를 노려보았다.

"아니, 당연히 아름답지. 근데 그냥 평소에는 편하게 하고 다니잖아. 그래서 그런 거지. 어색해서."

"점점 능글맞아."

송지유가 툭 내뱉은 말이 화살이 되어 현우에게 박혔다. 현우가 피식 웃어버렸다.

"셀카 하나 팬카페에 올려줘."

"안 그래도 그럴 생각이거든요. 팬들이 오빠보다 백만 배는 나으니까요."

송지유가 셀카를 몇 장 찍었다. 그리고 팬카페에 사진과 함께 짤막한 글귀 하나를 남겼다.


'너 딱 기다려.'


*　　　*　　　*


"좋아요! 아주 좋아요!"

최태우 피디가 박수까지 치며 서유희를 칭찬했다. 연민정 역을 맡은 서유희는 요즘 연기에 물이 올라 있었다. 서유희의 연기 집중력 때문에 상대 배우들도 몰입이 쉬웠고, 덕분에 촬영은 순풍을 타고 있었다.

"누님!"

"웅, 철용아."

"물입니다. 목 아프시죠?"

"고마워."

서유희가 김철용이 건네는 생수를 받아 들었다. 그때 조명

팀의 스태프 한 명이 얼른 뛰어왔다.

"유희 님, 제가 열어드리겠습니다."

"그러던지."

"여기 있습니다."

조명 스태프가 정중하게 두 손으로 생수병을 건넸다. 서유희가 생수를 조금 마셨다. 생수병 입구로 립 자국이 살짝 남았다.

"유희 님, 생수병은 저한테 버리시죠."

"야, 너 변태야? 미쳤어?"

"예, 당신한테 미쳤습니다."

주변에서 구경하고 있던 스태프들이 크게 웃었다. 서유희도 입을 가리고 웃었다.

"성태 씨, 느끼했어요. 여자 친구한테도 그러지는 않죠?"

"그전에 여자 친구가 있는지를 먼저 물어보셔야죠. 크윽!"

"없는 거 알고 있어요."

스태프들이 또 웃었다. 촬영 틈틈이 벌어지는 콩트 같은 연민정 놀이는 스태프들에게 여전히 큰 활력소가 되고 있었다. 극 중에서 부잣집 아들이자 연민정의 남편 역을 맡고 있는 유명 배우 박민후도 그런 서유희를 좋게 보고 있었다.

"유희 씨, 점심 안 먹었으면 같이 먹을래요? 다음 촬영까지 시간 있으니까 커피도 한잔하고요. 철용 씨도 같이 가요."

"죄송해요, 선배님. 저희 대표님이 오시기로 했어요."

"아, 그래요? 아쉽네. 유희 씨 덕분에 연기도 잘되고 해서 보답을 좀 하고 싶었는데 말이에요. 하하!"

"마음만 받겠습니다. 감사합니다, 선배님."

"그래요."

박민후가 매니저들과 함께 촬영 현장을 떠났다.

"처신 잘하셨습니다, 누님."

"응. 좋으신 분 같은데 조금 그렇지?"

서유희가 살짝 미소를 지었다. 박민후는 부드러운 인상으로 여성 팬도 많았고 또 주변 배우들에게도 평판이 좋았다. 하지만 바람둥이라는 소문이 파다하게 퍼져 있어 서유희는 각별히 주의하고 있었다. 현우에게 또 폐를 끼칠 수는 없기 때문이다.

"유희야, 박민후 선배가 뭐라고 했어? 같이 밥 먹자고 했지?"

김세희가 다가오며 물었다. 김세희는 근래 다른 사람이 되어 있었다. 스태프나 여러 감독, 또 최태우 피디의 말도 잘 들었다. 무엇보다 서유희와 김철용을 각별히 챙겼다.

"네, 그러셨어요."

"조심해. 여배우는 스캔들 한 번 터지면 정말 위험해. 알았지?"

"네, 선배님."

"근데 오늘 누구 와? 오다가 살짝 들었는데."

김세희는 살짝 들떠 있었다.

"오늘 저희 대표님께서 촬영장 오시기로 했어요, 선배님."

"정말?"

자기도 모르게 김세희가 큰 소리를 냈다.

"왜 그러세요, 선배님?"

서유희는 살짝 걱정되었다. 지난번의 일을 아직도 기억하고 앙금이 남아 있나 싶었다.

"왜 하필 오늘 오시는 거야?"

김세희가 왠지 모르게 허둥거렸다. 안절부절못하며 어쩔 줄을 몰라 했다.

그때 주변이 소란스러워졌다. 스태프들이 누군가에게 인사를 하고 있었다. 현우였다. 말끔한 슈트 차림의 현우가 B팀 인원들과 인사를 하며 서유희 쪽으로 점점 가까워졌다.

"오빠!"

반가운 마음에 서유희가 그만 사석에서처럼 현우를 오빠라고 부르고 말았다. 김세희가 굳은 얼굴로 서유희와 현우를 번갈아 쳐다보았다.

"앗! 죄송해요, 대표님."

"괜찮아. 어제도 봤는데 많이 반가웠던 모양이네."

현우가 가볍게 농담을 했다. 김세희의 얼굴로 그늘이 졌다.

"음? 김세희 씨?"

"안녕하세요."

김세희 목소리가 착 가라앉아 있었다.

"유희랑 철용이 많이 챙겨준다면서요? 고맙습니다."

현우의 한마디에 그늘이 져 있던 김세희의 얼굴이 확 폈다.

"네. 제가 잘못한 것도 있고 유희랑 철용 씨한테 미안해서
요."

"그래요? 다행이네요. 참, 자서전은 잘 읽고 있어요?"

"네! 벌써 다 읽었어요, 대표님!"

김세희의 눈동자가 초롱초롱 빛나고 있었다. 마치 선생님한
테 칭찬을 받은 아이 같았다.

'뭐지, 이 여자?'

둔하고 둔한 현우도 뭔가 이상하게 느껴질 정도였다.

"점심 안 드셨죠? 유희야, 나도 같이 점심 먹으면 안 될까?"

"네?"

서유희도 이상함을 느꼈지만 그렇다고 거절할 수도 없었다.

그때였다. 촬영장으로 스태프들의 환호성이 쏟아졌다. 장비
를 정리하고 있던 스태프들도 일손을 놓고 우르르 어딘가로
몰려가기 시작했다.

"무슨 일이에요, 지훈 씨?"

김세희가 로드 매니저 박지훈에게 자초지종을 물었다. 박지
훈도 당황스럽긴 마찬가지였다.

"그, 그게 저도 모르겠는데요?"

박지훈과 김세희가 어리둥절해하는 사이 스태프들이 길을 텄다. 그리고 그 가운데에서 송지유가 또각또각 하이힐 소리를 내며 도도한 발걸음으로 걸어오고 있었다.

스태프들이 연신 감탄하며 송지유의 뒤를 따랐다.

또각또각.

어느 순간 하이힐 소리가 그쳤다. 송지유가 김세희와 현우 사이에 섰다. 김세희도 깜짝 놀란 상태였다. 국민 소녀라 불리며 온 국민의 사랑을 독차지하고 있는 송지유가 별안간 촬영장에 나타난 것이다.

송지유가 슥 선글라스를 벗었다. 그리고 무심한 눈동자로 김세희를 살짝 내려다보았다.

"안녕하세요? 김세희 씨인가요?"

"네? 네. 제가 김세희예요."

"송지유예요. 우리 유희 언니 잘 부탁드릴게요, 선배님."

송지유는 당당했다. 하지만 그렇다고 예의가 없는 것도 아니었다. 선배님이라는 호칭으로 김세희를 부르고 있었다.

"S급 스타는 원래 다 저런 건가? 와, 예쁜 걸 떠나서 멋있기까지 한데?"

"그렇죠, 감독님? 송지유, 송지유 하는 이유가 있었네요. 진짜 너무 예쁩니다."

스태프들이 송지유를 훔쳐보며 자기들끼리 속삭였다.

"네, 지유 씨. 걱정 말아요."

김세희는 한참이나 어린 송지유에게 밀리고 있다는 느낌을 받았지만 이상하게도 그게 당연하게 느껴졌다.

"점심 식사 맛있게 드세요. 가요, 오빠."

송지유가 슥 현우의 팔을 잡았다. 김세희의 눈동자가 흔들렸다. 하지만 뭐라 말을 꺼낼 수가 없었다.

'지유가 왜 이러지?'

현우도 많이 놀라고 있었다. 송지유가 그야말로 S급 스타로서의 포스를 뿜어내고 있었다. 생전 처음 보는 모습이었다.

"안 가요? 나 배고픈데?"

"아, 그래, 가야지. 그럼 다음에 또 봅시다, 김세희 씨."

"네, 대표님."

김세희가 인사를 하자마자 송지유가 현우의 팔을 잡아끌었다. 김세희는 어안이 벙벙한 얼굴로 현우와 송지유의 뒷모습만 쳐다봐야 했다.

그런데 별안간 김세희가 묘한 미소를 머금었다.

'지금 상황에서 웃는다고?'

박지훈 매니저는 왠지 모르게 등골이 오싹했다.


현우의 팔을 잡은 채로 송지유는 밴 봉식으로 돌아왔다.

드르륵 문이 열리고 김은정이 송지유와 현우를 맞아주었다.

"잘하고 왔어, 송?"

"응. 근데 발 아파."

송지유가 탑승하고 있던 킬 힐에서 내려왔다. 그리고 밴 뒷좌석에 걸터앉아 발을 주물렀다.

"그러니까 왜 그런 걸 신었어? 시상식도 아닌데."

"누구 때문에요."

"누구? 유희? 김세희 씨도 이제 괜찮아 보이던데?"

현우의 대답에 송지유와 김은정이 아연실색했다. 김은정이 송지유에게 검정색 단화를 신기며 혀를 찼다.

"하, 조선시대였으면 오빠 호는 철벽이었을 거 같아요. 아니면 전생에 사육신이었나? 진짜 결백한 사람이야. 어떤 면에서는."

김은정의 말에 송지유가 풋 웃음을 터뜨렸다. 현우는 영문을 몰라 그저 좋다고 따라 웃었다.

그사이 서유희가 준비를 마치고 김철용과 함께 다가왔다. 서유희도 현우를 보며 자꾸만 웃고 있었다.

"유희 너까지 왜 자꾸 웃어?"

"미안해요. 웃지 않을게요. 오빠, 세희 선배님 어떤 것 같으세요?"

세 여자의 시선이 일제히 현우에게로 쏟아졌다. 두 명은 홍미로운 표정이었고 한 명은 긴장하고 있었다.

"이기혁 실장님한테 또라이라는 말은 들었는데 생각보다 또라이 같지는 않아. 철부지 느낌? 나이에 비해 많이 어린 것 같던데? 마이더스 정 팀장님이랑 지훈 씨가 고생 좀 하겠더라."

"남자들이 좋아하는 스타일이잖아요. 청순하고 여리하게 생겼고."

김은정이 물어왔다. 현우가 고개를 저었다.

"난 사양이다. 저번에 따로 만나서 이야기할 때도 사실 조마조마했어."

"그럼 김세희 대 서유희."

"서유희."

"김세희 대 송지유?"

"송지유."

"김은정 대 김세희."

"김세희."

"아씨, 안 낚이네. 아쉽네."

"존경받는 기업인 2위라는데 거짓말하면 되겠냐? 내가?"

김은정이 툴툴거렸다. 현우가 피식 웃었다.

"자, 그럼 점심이나 먹자. 철용아, 여기 근처에 괜찮은 곳 있냐?"

"형님, 근처에 김치찌개 가게가 있습니다. 지훈 씨랑 한 번

갔었는데 근처에 직장인들도 별로 없고 제 입맛에는 괜찮았습니다. 그리로 갈까요?"

김철용이 그렇게 말하고 송지유를 살폈다. 어울림 엔터테인먼트 내 신입 매니저들에게 송지유는 쉽게 대할 수 없는 연예인으로 불리고 있었다.

"김치찌개 좋네요. 가요, 철용 오빠."

"괜찮네. 가자."

"네, 형님!"

김철용이 먼저 앞장을 섰다. 초록색 밴 봉식이가 김치찌개 가게 앞에서 멈췄다. 근처를 지나던 직장인들이 눈길을 보내왔다. 문이 열리고 송지유와 서유희가 나타나자 주변 일대가 소란스러워지려 했다.

"서두르자, 철용아."

"네, 형님!"

현우와 김철용이 서둘러 송지유와 서유희를 데리고 식당 안으로 들어갔다.

"송지유다!"

"서유희도 있는데?!"

"김태식이다!"

점심 식사를 하고 있던 직장인들이 화들짝 놀랐다. 다행히 김철용의 말대로 외진 골목에 있는 식당이라 직장인 숫자가 그리 많지 않은 편이었다.

즉석에서 사인회가 벌어졌다. 송지유도 서유희도 친절하게 사인을 해주었다. 점심을 먹다가 느닷없이 횡재를 한 직장인들은 더없이 행복해했다.

"협조해 주셔서 정말 감사합니다. 그럼 저희도 편하게 식사를 하겠습니다."

현우가 빙그레 웃으며 직장인들에게 부탁했다. 그리고 김철용이 김치찌개 6인분을 주문했다.


[너 가소로워. 따귀? 때려. 때리면 백배 천배로 네 엄마 눈에서 피눈물 나게 해줄 테니까. 뭐 해, 때리라니까?!]


식당 안으로 광기에 어린 서유희의 목소리가 울려 퍼졌다. 식당에 있는 커다란 TV에서 '신(新) 콩쥐팥쥐전'이 재방송되고 있었다.

"요즘 드라마 인기가 아주 좋습니다, 형님."

김철용이 자랑스러운 얼굴을 했다. '신(新) 콩쥐팥쥐전'은 벌써 시청률 20%를 돌파하며 승승장구하고 있었다. 그리고 시청률의 중심에는 서유희가 연기하고 있는 연민정이 존재했다.

"유희가 고생하는 거지. 근데 내가 봐도 진짜 악녀 그 자체다."

TV를 보고 있던 현우가 물을 따르고 있는 서유희를 쳐다보았다. 순하고 순한 서유희의 모습이 영 어색할 정도로 TV 속 서유희는 악랄했다.

그러다 현우의 시선이 작은 방에 모여 있는 식당 이모들에게로 향했다. 식당 이모들이 정신없이 TV에 빠져 있었다.

"저, 저 천하의 죽일 년! 나쁜 년!"

"아휴, 진짜 저 연민정 저거 언제 벌 받나? 천벌을 받을 년 같으니라고!"

"길 가다가 차에 치여서 죽어라, 이년아!"

"표독스러운 것 좀 봐! 얄미워 죽겠어! 확 그냥 물이라도 끼얹고 싶네."

"물? 그거 가지고 되나? 우리 식당에 있었으면 그냥 내가 김치찌개라도 확!"

"호호! 그럼 속 시원하겠다!"

현우 일행이 앉아 있는 테이블은 침묵이 흐르고 있었다. 그리고 주방 안에서 주문한 음식이 나왔다.

"뭐 해? 그놈의 드라마가 끝나던지, 아니면 연민정 그년이 죽던가 해야지! 빨리 아무나 음식 가져다 드려!"

식당 이모 두 명이 쟁반을 나누어 들었다. 그러던 중 현우와 시선이 마주쳤다. 현우가 어색하게 웃었다. 그러다 식당 이모 한 명이 현우의 옆에 앉아 있는 서유희를 발견했다.

"유희야, 웃어."

"네?"

서유희가 고개를 갸웃했다. 현우가 덜덜 떨었다. 하필 눈이 마주친 식당 이모가 뜨겁게 끓고 있는 김치찌개 냄비를 들고 있었다. 또 하필 조금 전 김치찌개를 끼얹겠다며 대한민국 아줌마의 패기를 보여주던 바로 그 이모였다.

"웃어!"

"오빠?"

현우 일행의 테이블로 짙은 그림자가 드리워졌다. 식당 이모 두 명이 서유희를 자세히 들여다보았다. 그러더니 갑자기 눈을 크게 떴다.

"연민정이다! 연민정이다!"

순간 식당 안의 이모들이 일제히 자리를 박차고 방에서 나왔다.

"연민정이라고?!"

"어디? 그년 어디 있어?!"

"여기야, 여기!"

식당 이모들이 우르르 몰려들었다. 식사를 하고 있던 직장인들이 황당한 얼굴을 하고 있었다.

"연민정이지?"

"네, 네?!"

서유희가 가뜩이나 큰 눈을 크게 뜨며 당황해했다. 현우가 서둘러 일어나 김치찌개 냄비를 들고 있는 이모의 쟁반을 받아 들었다.

"너한테는 밥 못 팔아! 이 못된! 당장 나가!"

"이, 이모님?"

서유희가 어쩔 줄을 몰라 했다. 집, 촬영장, 집이라는 단순한 생활 패턴으로 지내던 서유희였다. 오늘도 현우가 아니었으면 촬영장에서 스태프들과 식사를 했을 것이다. 설마하니 이렇게까지 연민정 캐릭터가 미움을 받고 있을 줄은 상상도 못했다.

식당 안 분위기가 싸해졌다.

그때였다. 순간 현우가 이마를 짚었다.

'망했다.'

귀신같은 타이밍이고 우연이었다. 식당 안으로 박지훈 매니저와 김세희가 들어왔다. 식당 이모들의 시선이 김세희에게로 향했다. 서유희도 그랬고 김세희도 촬영 중에 입고 있던 의상을 그대로 입고 있었다.

화려한 옷차림의 서유희와 불쌍하고 가련해 보이는 옷차림의 김세희. 식당 이모들의 눈동자에 얼핏 광기가 엿보였다.

"나쁜 년."

"죽일 년."

온갖 욕이 쏟아졌다. 하지만 현우도 그랬고 당사자인 서유희도 전혀 기분 나빠 하지 않았다. 90년대만 하더라도 악역을 연기하는 배우들은 아예 집 밖을 못 다닐 정도였다. 근처 슈퍼에 갔다가 돌을 맞고 돌아온 여배우도 존재했다.

현우와 서유희는 식당 이모들이 드라마에 깊게 몰입해 있음을 잘 알고 있었다. 단지 지금의 상황이 난처했을 뿐이다.

그때 김세희가 서유희의 옆자리로 앉았다.

"유희야, 여기서 또 보네?"

"네, 네, 선배님."

"언니라고 해. 언니라고 편하게 부르라고 했잖아."

"네, 세희 언니."

식당 이모들이 혼란을 느끼고 있었다. 드라마 속 고하정과 연민정이 서로 친근하게 대화를 나누고 있는 것이다.

"저희 드라마 보고 계셨구나. 유희, 그러니까 연민정 역 맡은 제 후배예요. 예쁘죠? 그리고 진짜 착해요."

김세희가 생글생글 웃으며 적극적으로 변명해 주었다.

그때 주방 안에서 주방 이모가 걸어 나왔다. 그러더니 크게 한숨을 내쉬었다.

"이놈의 여편네들이 드라마 작작 보라니까! 탤런트가 연기하는 거지 진짜 연민정이겠어? 귀한 손님들한테 지금 뭐 하는 거여?"

주방 이모의 호통에 상황이 단번에 정리되었다.

"아이고, 우리가 주책이지. 미안해, 탤런트 아가씨."

서유희에게 미안해하며 식당 이모들도 사과를 해왔다. 하지만 서유희는 서유희였다. 오히려 더 밝게 웃으며 이모들에게 자신을 알아봐 줘서 고맙다며 인사했다.

식당 이모들이 감탄했다.

"탤런트 아가씨가 어쩜 이렇게 착해?"

"감사합니다, 이모님."

"근디 연기를 정말 잘혀. 그러니까 이 여편네들이 정신 못 차리고 달려들었지. 그렇지, 잘생긴 총각?"

"하하, 저희 유희가 연기를 잘하긴 하죠. 감사합니다, 어머님."

"총각이 어떻게 이렇게 인물도 좋고 훤칠하고 싹싹할까? 매니저여?"

"아닙니다. 저희 기획사 대표님이십니다, 이모님."

김철용이 얼른 현우를 소개했다. 주방 이모가 놀란 얼굴을 했다. 김치찌개를 들고 왔던 식당 이모가 갑자기 현우를 가리켰다.

"어? 그 커피 광고에 나온 총각 아닌가?"

"그러네! 어울림 기획사 대표 아니야! 김태식 대표 맞지요?"

"네?"

현우를 제외한 어울림 식구들이 웃음을 터뜨렸다. 송지유마저 웃고 있었다. 송지유가 웃자 주방 이모를 비롯해 식당 이모들의 관심이 이번에는 송지유에게로 모아졌다.

"어머나, 세상에! 송지유 아녀?"

"맞네! 우리 아들들이 이 아가씨 팬이야!"

"안녕하세요, 어머님들."

"아이고, 목소리도 옥구슬 같고 얼굴은 선녀가 따로 없네!"

국민 소녀다웠다. 아주머니들도 송지유를 알아보고는 반가워했다.

그렇게 한바탕 소란이 지나가고 뒤늦은 점심 식사가 시작되었다.

"세희 씨, 고마워요. 덕분에 편하게 식사하네요."

어색한 분위기를 타파하고자 현우가 먼저 총대를 멨다. 김세희가 살짝 웃었다. 청순가련형의 대표적인 여배우답게 미소가 아름다웠다.

"아니에요. 식사 편하게 하세요. 지훈 씨, 가요."

"네?"

의외였다. 같이 식사를 하는 줄 알았더니 대뜸 자리에서 일어난 김세희였다.

"지훈 씨?"

"아, 예."

김세희는 일말의 아쉬움도 없어 보였다. 오히려 박지훈이 현우를 슬쩍 보며 아쉬운 얼굴을 했다.

조금 멀리 떨어진 테이블로 옮겨 김세희와 박지훈이 식사를 시작했다.

'뭐지, 저 여자?'

현우가 살짝 고개를 갸웃했다. 왠지 모르게 신경이 쓰였다. 그러던 찰나 손태명으로부터 연락이 왔다.

"잠깐 태명이랑 통화 좀 하고 올게."

"형님, 저도 같이 가겠습니다."

김철용이 현우를 따라나섰다. 여자 셋이 남게 되자 분위기가 또 달라졌다.

"유희 언니, 김세희 쟤 왜 저래요? 대놓고 꼬리치고 있잖아요. 일부러 아쉬움 느끼게 하려고 자리까지 옮기고. 보통 스킬이 아닌데요?"

김은정이 옆 테이블을 살짝 쳐다보며 말했다.

"이해해. 현우 오빠잖아."

"하긴 그렇긴 하네요."

김은정이 고개를 끄덕거렸다. 사적인 감정이 없어서이지 김은정이 보기에도 현우는 괜찮은 남자였다. 요즘 여성 커뮤니티에 가보면 현우의 인기도 만만치가 않았다. '유시열의 스케치북' 작가진이 괜히 자기들끼리 국민 남자 친구라는 등의 자체 설문조사를 한 게 아니었다.

"내 정신 좀 봐. 잠깐만, 선배님한테 감사하다고 말씀드리고 올게."

서유희가 자리에서 일어나 김세희 쪽으로 다가갔다. 김은정의 시선이 송지유에게로 향했다.

"송, 너 큰일 났다. 김세희 쟤 완전 불여우야. 방금 스킬 봤지? 저런 고급 스킬은 너도 배울 필요가 있어. 팬들 조련은 너도 잘하잖아."

"모르겠어. 김현우 똥 멍청이."

"안 되겠다. 특별 훈련이라도 해야겠어. 내가 너처럼 생겼으면 김현우는 이미 내 노예였어. 송지유, 우리 잘해보자!"

"응."

송지유가 김은정의 손등으로 손을 얹었다. 식당 밖에서 통화를 하고 있는 현우를 바라보며 송지유가 길게 한숨을 내쉬었다.

*　　　　*　　　　*

점심 식사가 끝나고 촬영이 다시 시작되었다. 현우와 송지유는 촬영장에 남아 응원도 할 겸 서유희를 더 지켜보기로 했다.

B팀 제작진의 신경은 온통 송지유에게로 쏠려 있었다. 제작진이 내준 배우 의자에 앉아 송지유는 서유희의 연기를 지켜보고 있었다.

현우가 송지유의 무릎 위에 담요를 슥 덮어주었다.

"왜요?"

"치마가 짧다."

"짧아서 입은 건데?"

송지유가 현우를 흘겨보았다. 그러고는 고개를 홱 돌려 버렸다.

'왜 또 화가 났지?'

담담한 척 웃고 있었지만 현우는 현우 나름대로 죽을 맛이었다. 식당에서 점심을 먹은 이후부터 송지유가 저기압이었다. 그 대상도 오직 현우 한 명 한정이었다.

결국 현우는 김은정에게 도움을 요청했다.

"은정아, 잠깐 나랑 이야기 좀 하자."

김은정이 현우를 쳐다보았다.

"뭔데요?"

"어라? 너도 삐쳤냐?"

"삐쳤냐는 말 지유한테는 하지 마세요."

"응? 응."

현우와 김은정이 봉식이 옆에서 대화를 이어갔다.

"지유 왜 화난 거야?"

"오빠는 오빠가 무슨 잘못을 한 줄 모르죠?"

"모르지. 아니, 근데 내가 뭘 어쨌다고?"

"밥 다 먹고 오빠가 한 행동을 떠올려 보세요."

현우는 골똘히 생각에 잠겼다. 하지만 별다른 생각이 나지는 않았다. 김은정이 푹 한숨을 내쉬었다.

"김세희가 주는 자판기 커피랑 박하사탕."

"아, 그거였어?"

"네, 그거였어요."

"난 또 뭐라고. 나 혼자서 먹었다고 화난 거였구나?"

김은정이 경악했다.

"와, 진짜 대단하다. 철벽 김현우."

"대단하지? 역시 내 생각이 맞았구나."

현우만 홀로 함박웃음을 짓고 있었다.

촬영장으로 돌아온 현우는 송지유부터 찾았다. 막간을 이용해 송지유는 스태프들과 열심히 셀카를 찍어주고 있었다.

"그거 뭐예요?"

송지유가 팔짱을 끼고 현우를 맞이했다.

"자, 받아."

현우가 편의점 비닐 봉투에서 주섬주섬 캔 커피와 박하사탕 봉지를 꺼내 들었다. 송지유가 잠시 눈살을 찌푸렸다. 그러다 갑자기 풋 웃음을 터뜨렸다.

"화 풀렸구나?"

송지유는 대답도 없이 계속 웃었다. 이렇게 활짝 웃는 건 처음 보는지라 현우도 덩달아 기분이 좋아졌다.

"화 풀렸지? 그렇지?"

"김현우, 진짜 귀여워."

송지유가 조용히 혼잣말을 내뱉었다.

"뭐라고?"

"아니에요. 그래서 화 풀어주려고 이거랑 이거 사온 거예요?"

"응."

"참 잘했어요."

"하하!"

현우가 함박웃음을 지었다.

"유희 언니 촬영 끝나면 뭐 할 거예요?"

"음, 오늘은 너 데려다주고 일찍 들어가 보려고."

"옷 사줄 테니까 나랑 동대문 갈래요?"

"동대문? 괜찮을까?"

"밤늦게 가는 거니까 괜찮을 거예요."

"그럴까? 유희도 같이 가자고 해볼까?"

"나랑 둘이 가요. 언니 피곤할 텐데."

"그래? 은정이도 빼고?"

"네. 은정이 아플 것 같다고 해서요."

"또? 녀석이 은근히 체력이 약해."

"알았죠? 나랑 같이 갈 거죠?"

"응. 간만에 송지유랑 쇼핑 좀 해볼까?"

현우가 빙그레 웃었다.


\*     \*     \*


연남동에 위치한 작은 연예 기획사. 낡아 보이는 건물 외관과 달리 간판은 유난히 깨끗했다. 기획사의 간판에 쓰인 이름은 '나눔'이었다.

신현우가 간판을 올려다보고 있었다. 그의 두 눈동자 안으로 수많은 고뇌와 갈등이 엿보였다. 한참을 망설이던 신현우가 문고리를 잡았다.

"후우."

결국 신현우는 기획사의 문을 열고 들어갔다.

딸랑딸랑.

어울림의 사무실 문에 달린 종과 똑같은 종이 손님의 방문을 알렸다.

깜빡 졸고 있던 여자 경리가 황급히 자리에서 일어났다.

"누, 누구세요?"

여자 경리가 신현우를 위아래로 살펴보다 놀란 얼굴을 했다. 훤칠한 체격에 수려한 외모, 그리고 우수에 젖은 눈동자까지 낯선 손님에게서 나쁜 남자의 향기가 진하게 느껴졌다.

"저, 무슨 일로 오셨어요?"

"……."

신현우는 차마 입이 떨어지지 않았다. 기획사 1층에 모여 있던 사람들도 어리둥절했다. 여자 경리가 결국 2층을 향해 소리를 질렀다.

"사장님, 손님 오셨어요!"

잠시 후 계단에서 50대 중반으로 보이는 두 명의 사내가 내려왔다.

"무슨 일로 오셨습니까?"

"사장님 되십니까?"

"그렇습니다. 내가 나눔 기획사의 사장입니다."

"…신현우라고 합니다."

"신현우?"

여자 경리가 화들짝 놀랐다. 1층에 모여 있던 다른 가수들도 마찬가지였다. 중년 사장과 중년 가수가 동시에 미소를 지었다.

"좋은 이름이군. 그래요. 일단 앉아요."

중년 사장이 신현우를 소파로 앉혔다. 그리고 천천히 신현우를 살펴보다가 입을 열었다.

"쉽지 않은 결정이었을 텐데… 고민이 많았겠어요."

"……."

중년 사장은 신현우의 정체를 이미 알고 있었다.

"말 못 할 사연이 많을 겁니다. 잘해봅시다. 내가 돕겠습니다."

"…이해해 주셔서 감사합니다."

신현우는 아무것도 묻지 않는 중년 사장의 배려가 고마웠다.

6장
그 아들에 그 아버지,
그 아버지에 그 아들 I

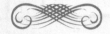

드르륵.

봉고차 문이 열리고 그 안에서 몇 명의 중년 가수들이 모습을 드러내었다. 형형색색의 화려한 의상을 갖추어 입은 가수들 중에서 유독 한 사람이 눈에 띄었다.

낡은 청바지에 낡은 가죽 재킷 차림을 한 40살의 락커 신현우였다. 주황색 양복을 말끔하게 차려입은 중년 가수가 신현우에게 다가왔다.

"현우 씨, 내 의상이라도 빌려줄까?"

"됐습니다. 저는 이게 더 편합니다."

신현우의 표정은 그리 좋지 못했다. 어딘지 모르게 불편해 보였다. 그런 그의 시선이 화려하게 빛나고 있는 호박나이트의 간판으로 향했다.

'후우.'

신현우가 억지로 한숨을 삼켰다. 그때 누군가가 그의 어깨를 잡았다. 따듯한 온기가 느껴졌다. 신현우가 고개를 돌렸다. 따듯한 인상을 가진 50대의 중년인이었다.

"현우 씨."

"……."

"오늘 하루만 잘 견뎌봅시다."

"……."

신현우는 대답을 할 수가 없었다. 그저 중년인과 중년 가수들을 따라 호박나이트 안으로 걸음을 옮길 뿐이었다.

지하 나이트 특유의 냄새와 사람들의 체취가 섞인 알코올 냄새, 그리고 시끌벅적한 소음이 신현우의 얼굴을 찡그리게 만들었다. 애써 시선을 돌린 채 신현우는 대기실로 들어왔다.

대기실 안에선 밤무대에 서는 무용수들이 모여 화투를 치고 있었다. 신현우는 눈길 한번 주지 않은 채 의자에 앉았다. 그리고 품에서 핸드폰을 꺼냈다.

'지선아, 아빠가 미안해.'

핸드폰 화면에는 환하게 웃고 있는 막내딸의 모습이 담겨 있었다. 아빠를 자랑스러운 락커로 알고 있는 딸들에게 미안했다.

"혹시 신현우 아니야, 저 사람?"

"신현우? 그 신현우? 에이, 설마."

무용수들은 신현우를 훔쳐보며 의견이 분분했다. 그러다 신현우가 고개를 들자 무용수들이 깜짝 놀랐다.

"신현우잖아! 잘생긴 거 봐! 신현우라니까?"

"가보자!"

무용수들이 신현우에게로 다가왔다.

핸드폰을 들여다보고 있던 신현우가 인기척에 고개를 들었다.

"저어… 혹시 'Sad Cry' 불렀던… 신현우 씨?"

"신현우 씨죠?"

"……."

신현우는 대꾸도 없이 다시 핸드폰을 들여다보았다. 그냥 갈 법도 했건만 무용수들의 관심은 여전히 그에게 쏠려 있었다. 세월에 여파에 조금 늙기는 했지만 조각같이 수려한 외모는 여전했다.

"딸이에요? 아빠 닮아 예쁘네."

"그동안 활동 왜 안 했어요? 궁금하다."

"밤무대는 언제부터 섰어요?"

질문이 줄을 이었다. 신현우가 핸드폰을 가죽 재킷 주머니로 넣었다. 그리고 다시 고개를 들었다. 무용수들이 그만 입을 다물었다. 신현우가 거친 눈길로 쏘아보고 있었기 때문이다.

"시끄럽게 하지 말고 가서 치던 화투나 치면 안 됩니까?"

중저음의 날 선 목소리에 무용수들은 할 말을 잃어버렸다. 결국 무용수들이 자리로 돌아갔다. 그 모습을 지켜보고 있던 주황색 양복의 중년 가수가 천천히 다가와 배즙 하나를 건넸다.

"뭡니까?"

"마시게. 노래 부르기 전에 하나 먹어두면 좋아."

"……."

신현우가 말없이 배즙을 받아 들었다. 중년 가수가 신현우의 옆으로 앉았다.

"처음에는 다 자네 같은 반응을 보이곤 하지."

"……."

"하지만 말일세, 어둡고 캄캄한 이곳도 사람 사는 곳이야. 그렇게 악을 쓰다 보면 자네만 더 힘들어질 걸세."

신현우는 대답이 없었다. 그가 보기에 중년 가수 역시 삼류 가수에 불과했다. 노래에 대한 자부심도 열정도 없이 이런 곳에서 돈만 벌고 있는 중년 가수의 말이 신현우에겐 조언으로 들리지 않았다.

그때 대기실 문이 열리고 호박나이트의 웨이터 몇 명과 실장이 들어왔다. 호박나이트 실장의 시선이 잠시 신현우에게로 모아졌다.

"무대 준비하쇼."

짤막한 한마디만 남긴 채 실장은 웨이터들과 함께 대기실을 나갔다. 공교롭게도 첫 무대는 신현우에게 말을 건넨 주황색 양복의 중년 가수였다. 대기실을 나서기 전 그가 신현우에게 말했다.

"같이 가세. 다른 동료들 무대를 보면 조금 적응이 될 걸세."

계속해서 호의를 베풀고 있는 사람이었다. 거절할 수 없었다. 신현우는 조용히 자리에서 일어나 중년 가수를 따라갔다.

중년 가수가 무대 위로 올랐다. 마이크를 잡은 중년 가수는 호박나이트를 찾은 손님들에게 자신을 소개했다. 박수가 쏟아졌고, 많이 취한 취객들은 알 수 없는 괴성을 질러댔다. 또 한쪽 구석에서는 술에 취한 중년의 남녀들이 와자지껄 떠들고 있었다.

신현우의 얼굴이 구겨졌다.

'이런 곳에서 노래를 부른다고?'

자존심이 상했다. 비록 아내도 없이 두 딸을 힘겹게 키우고 있지만 신현우는 음악에 대해서는 자부심이 대단했다. 자신은 락커였다. 두 딸이 그토록 자랑스러워하는 락커였다.

신현우는 지금의 상황을 받아들이기가 어려웠다. 하지만 병원에 입원 중인 막내딸이 떠올랐다.

'참자, 신현우. 아이들만 생각하자.'

신현우는 애써 자존심을 억눌렀다. 중년 가수가 마이크를 잡고 트로트를 불렀다. 구성진 목소리는 신현우가 듣기에도 나쁘지 않았다. 중년 가수가 노래를 마치고 손님들에게 정중하게 목례를 해 보였다.

그때 술에 취한 취객 무리가 갑자기 무대 앞으로 다가왔다.

"어이~ 내가 좋아하는 노래 한 곡 불러봐."

"허허, 많이 취하셨군요. 그래, 어떤 노래를 불러 드릴까? 불러 드릴 수 있는 노래라면 불러 드리지요. 하지만 지금은 곤란합니다. 다음 가수가 무대를 기다리고 있습니다. 허허."

웨이터가 나타났지만 중년 가수가 눈짓으로 그들을 제지했다. 그리고 능숙하게 취객을 다루었다.

'흔한 일이라 이건가?'

절로 쓴웃음이 났다. 그런데 그때 사달이 벌어졌다. 취객한 명이 중년 가수를 향해 들고 있던 수박 껍질을 던진 것이다. 아슬아슬하게 수박 껍질이 빗나갔다.

"딴따라 새끼가 부르라면 부르는 거지, 왜 못 부르는 건데?"

"죄송하지만 준비된 mr도 없고 보다시피 그 노래는 여자 노래가 아닙니까? 손님, 그럼 제가 얼마 전에 녹음한 노래를 들려 드릴까요?"

"너 같은 삼류 가수 노래를 내가 왜 들어? 엉?"

"허허, 곤란하군요. 그렇다고 지유를 부를 수도 없는 일인데."

"나이만 많은 딴따라 새끼가 말이 많아? 삼류 가수 새끼가!"

그때 맥주병이 날아들었다. 맥주병은 중년 가수의 어깨를 강타했다. 순간 신현우의 눈동자에서 불꽃이 튀었다.

신현우가 붕 허공을 날아 무대 아래에 있는 취객에게 발차기를 날렸다.

콰앙!

순식간에 호박나이트가 아수라장이 되었다. 발길질을 맞은 취객이 동료들과 뒤엉키며 바닥을 굴렀다.

신현우가 사나운 눈동자로 취객을 내려다보았다.

"뒤지고 싶냐?"

"너, 넌 뭐야? 내가 누군지 알아?"

"내가 알 필요가 있냐? 몇 대만 맞자, 이 개새끼야!"

신현우가 취객의 멱살을 잡아 올렸다.

퍽!

신현우의 주먹이 취객의 복부로 꽂혔다.

"컥!"

"다시 말해봐. 네가 누구라고?"

"으, 으."

취객이 신현우의 사나운 눈동자를 마주하곤 벌벌 떨기 시작했다. 그때 중년 가수가 웨이터의 부축을 받은 채로 신현우에게 다가왔다.

"현우 씨! 그만해!"

"뭘 그만둡니까? 당신은 자존심도 없습니까? 저 맥주병, 제대로 맞았으면 당신 큰일 났다고! 알아?!"

"알았네! 일단 그 사람부터 놔주게! 어서!"

"사과해, 이 새끼야! 안 그러면 다시는 술 못 마시게 턱에 구멍을 뚫어버릴 테니까!"

"죄, 죄송합니다. 죄송합니다."

취객이 벌벌 떨며 중년 가수에게 사과했다. 그러자 신현우가 취객을 바닥으로 던져 버렸다.

대기하고 있던 호박나이트 실장과 어깨들이 흉악한 표정으로 신현우에게 다가왔다. 신현우도 그들의 시선을 피하지 않았다.

"이 또라이 새끼가 남의 영업장에서 깽판을 쳐?"

실장이 으르렁거렸다. 신현우가 픽 비웃었다. 영업장 관리도 제대로 못 하는 주제에 입만 살아 있었다.

"비웃었냐?"

일촉즉발의 순간, 밤무대 가수들의 사장인 중년인이 나타났다. 그리고 신현우의 앞을 가로막았다.

"비켜요. 내 일이니까."

"아니, 이번 일은 내 책임일세. 어쨌든 자네를 데리고 온 건 나야."

"비키라니까?! 내 말 못 알아먹겠습니까?!"

신현우가 고함을 질렀다. 그러자 중년 사장이 신현우를 똑바로 쳐다보았다. 부드러운 눈빛은 여전했다.

"현우야, 지금부터는 내가 알아서 하마. 그러니 이제 그만 화를 가라앉혀."

"……!"

순간 신현우는 말문이 막혔다. 중년 사장은 너무나도 익숙하게 현우라는 이름을 부르고 있었다.

"날 압니까?"

"잘 알고 있지. 걱정 말게. 금방 다녀오겠네."

중년 사장이 실장과 어깨들을 따라 어딘가로 향했다. 웨이터가 바닥에 널브러져 있는 취객과 중년 가수를 이끌고 병원으로 향했다.

신현우는 멍하니 그 자리에 서 있었다. 병원으로 가기 전 아무 걱정 말라며 오히려 자신을 위로하던 중년 가수와 부드럽게 웃기만 했던 중년 사장의 얼굴이 잊히지가 않았다.

*      *      *

기획사 '나눔'의 사무실은 더없이 조용했다. 호박나이트에서 제대로 된 공연도 못 해보고 사달이 벌어졌다. 다행히 술에서 깬 취객이 잘못을 시인하는 바람에 경찰서까지 가는 불상사는 벌어지지 않았다. 중년 가수가 어깨에 맥주병을 맞아 급히 응급실에 간 게 전부였다.

신현우는 말없이 핸드폰 속 딸들의 사진을 보고 있었다.

'나란 놈은 안 될 놈이다.'

신현우는 스스로를 자책하고 있었다. 그놈의 욱하는 성질 때문에 또 일을 그르쳤다. 일언반구 설명도 없는 자신을 받아준 기획사였다. 그런데 모든 걸 망쳐 버렸다.

"저기… 놀라셨을 텐데 차라도 한 잔 드세요."

경리가 따뜻한 유자차를 내왔다.

"……."

"괜찮을 거예요. 사장님이 이 근방 일대 밤무대만큼은 꽉 잡고 계시거든요. 아, 표현이 좀 그렇다. 호박나이트 실장님과도 친하세요. 알고 지낸 지도 오래됐거든요. 실장님도 생긴 건 험악하지만 정이 많은 분이니까 큰 걱정은 마세요."

"…감사합니다."

신현우는 미안함에 겨우 말을 꺼냈다. 그리고 다른 가수들을 살펴보았다. 원망 어린 시선을 보내거나 화를 내는 사람은 단 한 명도 없었다.

"살다 보면 이런 일도 있고 저런 일도 있는 거지. 젊은 친구가 그렇게 죽을상을 하고 있음 쓰나? 털어버리게. 그리고 잘했어. 훈이 형님한테 들었네. 내가 다 통쾌하더군. 역시 락커라 이건가? 하하, 우리 같은 삼류 가수들과는 다르군그래."

"호호, 그러니까요. 얼굴값을 하긴 하네."

신현우가 자리에서 일어났다. 그러곤 중년 가수들을 향해 머리를 숙였다.

"죄송합니다. 제가 부족했습니다. 오늘 밤에 있었던 일은 제가 책임지겠습니다."

"허허, 첫인상도 그렇고 남자답군. 말 편하게 해도 괜찮은가?"

낯익은 목소리에 신현우가 몸을 돌렸다. 중년 사장이 중년 가수와 함께 문 쪽에 서 있었다.

"괜찮으십니까?"

신현우는 중년 가수부터 살폈다. 어깨에 반 깁스를 하고 있었다.

"보다시피 뭐 이 정도네. 그러고 보니 우리 통성명도 안 했군. 남훈일세. 여기 이 형님은 김형식 사장님이고."

"김형식이라고 하네."

"신현우입니다. 오늘 일은 제가 무슨 수를 써서라도 책임을 지겠습니다. 죄송합니다."

신현우는 단호했다. 김형식이 부드러운 미소와 함께 신현우의 어깨를 두들겼다.

"몸을 썼으니 출출할 걸세. 근처 삼겹살 가게에서 소주 한 잔 어떤가?"

아무런 탓도, 질책도 하지 않았다. 술이나 한잔하자는 그 말에 신현우는 울컥했다.

"제가 사겠습니다."

"아니야. 내가 사지. 내가 나눔 기획사의 사장이지 않나? 가지. 경미야."

"네, 사장님. 다른 분들은 제가 알아서 챙길게요. 다녀오세요."

최경미의 말에 김형식 사장이 고개를 끄덕였다.

*　　　*　　　*

술자리는 늦게까지 이어졌다. 김형식과 남훈은 신현우의 이야기를 듣고만 있었다. 술에 취한 신현우는 지나온 세월을 두 중년인에게 털어놓았다.

"……."

"……."

김형식과 남훈은 그런 신현우의 인생사를 조용히 듣기만 했다. 화려하던 불꽃 락커 시절부터 시작해 태양기획사의 부도와 떠안게 된 사채 빚 때문에 겪어야 했던 수많은 고난.

그리고 경제적 궁핍함에 결국 아내마저 딸들을 버리고 곁을 떠났다.

"젊은 친구가 고생이 많았겠군."

남훈이 왼손으로 신현우의 잔을 채워주었다.

"얼핏 보니 자존심이 강한 것 같더군. 자존심 강한 락커가 어떻게 여기까지 찾아온 것인가? 궁금하군그래."

"딸아이가… 병원에 있습니다."

신현우가 소주잔을 비워냈다. 질문을 던진 남훈이 멈칫했다. 삼겹살을 굽고 있던 김형식 사장이 집게를 내려놓았다.

"딸이 많이 아픈 건가?"

"그렇습니다."

"그래서 자네 같은 사람이 우리 기획사를 찾아온 거였어. 그런가?"

"예, 사장님. 돈이… 필요합니다."

삼겹살 가게가 침묵으로 물들었다. 신현우도 그렇고 김형식과 남훈도 한 가정의 가장이었다. 가장의 무게라는 것을, 또 가장의 책임감이라는 것을 김형식과 남훈도 잘 알고 있었다. 그들도 가장이었으니까.

"젊을 적에는 밴드를 했어. 미8군 공연장에서 베이스를 잡거나 드럼을 쳤지."

신현우가 김형식을 쳐다보았다. 남훈도 아니고 사장인 김형식이 밴드 출신이라는 이력을 가지고 있었다.

"우리 집사람은 미8군 근처 식당에서 일했어. 집도 부모도 없는 고아였지. 하나둘 챙겨주다가 결혼도 했고 먹고 살려니 밴드를 그만둘 수밖에 없더군. 허허."

"……."

"하지만 후회는 하지 않는다네. 우리 아들들이 잘 자라주었거든. 뭐 다 그런 거 아니겠나? 자네도 조금만 자신을 내려놓아 봐. 내가 살아보니 인생 별거 아니더군. 내려놓게. 내려놓을수록 마음이 편해질 거야. 그리고 못 보던 것들이 눈에 들어올 걸세."

"그렇습니까."

신현우가 쓴웃음을 머금으며 텅 빈 소주잔을 들여다보았다. 텅 빈 소주잔을 볼 때마다 느끼던 공허함 대신 왠지 모르게 마음이 가벼워졌다. 그간 스스로를 구속하고 있던 쇠사슬이 풀려 버린 느낌이었다.

"여기 이 형님 아들이 한때 우리 회사에 다녔거든. 그 녀석이 뭐라고 말한 줄 아나?"

남훈이 빈 소주잔을 채워주며 말을 꺼냈다.

"허어, 술만 마시면 그 얘기인가?"

"뭐 어떻습니까?"

"사장님 아드님이 뭐라고 했습니까?"

신현우가 물었다.

"삼류 기획사, 삼류 가수라고 해서 그 사람의 인생까지 삼류는 아니라고 하더군. 그러니 자네도 실패한 인생은 아니야. 누구도 타인의 인생을 평가 내릴 수 없듯이 자네 역시 스스로를 실패했다고 생각하지 말게."

옆에서 김형식 사장이 조용히 웃으며 소주잔을 비웠다.

'……'

신현우는 생각에 잠겨 있었다. 락커라는 이유로 늘 남들과는 다르다는 생각을 하며 살아왔다. 자부심이라고, 락커의 긍지라고 여긴 것들은 사실상 자기 위안을 위한 허울뿐인 자존심이었음을 신현우는 깨달았다.

'왜 이걸 이제야 깨달았을까?'

그때 은색 테이블 위로 하얀색 봉투가 놓였다. 신현우가 고개를 들어 김형식 사장을 쳐다보았다.

"이건?"

"오늘 하루 고생 많았네. 처음이라 이것저것 많이 생소했을 걸세."

"제가 이걸 왜 받습니까? 책임을 져도 모자랍니다, 사장님!"

"받게. 다행히 호박나이트 쪽과 이야기가 잘 끝났어."

"그게 말이 됩니까?"

신현우의 기준으론 쉽사리 이해가 가지 않았다. 자신이 깽판을 치는 바람에 난리가 났고 호박나이트나 나눔 기획사 양쪽 다 손해를 봤다. 그런데도 아무런 일 없이 지나갔다고? 비현실적이었다. 그가 아는 세상은 이렇게 호락호락한 곳이 아니었다.

"저 때문에 거짓말을 하시는 거라면 사양하겠습니다, 사장님."

"내가 왜 거짓말을 하겠나? 호박나이트 실장 그 친구가 알고 보니 자네의 오랜 팬이라더군. 욕을 해서 미안하다는 말도 전해달라고 했어."

"……."

신현우는 믿지 못했다. 불신이 가득한 눈동자로 김형식 사장을 쳐다보았다.

"허어, 이 친구 참 꽉꽉하군. 우리 작은 아들이랑 이름만 같지 달라도 너무 달라."

"그렇긴 하네요. 그 녀석도 형님 닮아서 보통 오지랖이 아니지 않습니까?"

남훈도 재미있다는 듯 너털웃음을 흘렸다.

'아들 이름이 나랑 같다고?'

호박나이트에서 친숙하게 자신의 이름을 부른 이유를 알게
된 신현우는 기막힌 우연에 헛웃음을 지었다.

"세상 사람 전부가 자네처럼 경우만 따져서 살면 많이 피곤
하지 않겠나? 때로는 우리 같은 사람도 있어야 하는 법일세.
그러니까 받게."

"⋯⋯."

신현우는 붉어진 눈동자로 돈이 담긴 봉투를 내려다보고
있었다.

술자리가 끝나고 신현우는 곧장 병원으로 향했다. 신현우
의 사정을 전해 들은 간호사와 같은 병실을 쓰는 아이 엄마
들이 두 딸을 챙겨주고 있었다.

병실에 들어와 보니 딸들은 이미 잠들어 있었다. 신현우는
물끄러미 두 딸을 살펴보았다. 천사의 얼굴, 그 모습에 신현우
의 뺨에서 눈물이 흘러내렸다.

'자랑스러운 락커 아빠라고?'

개소리였다. 락커라는 미명 아래 아무 죄 없는 딸아이들마
저 고생시키고 있었다. 신현우는 눈물을 훔쳤다. 그리고 새벽
내내 두 딸을 눈에 담았다.

다음 날 오후, 신현우는 나눔 기획사를 다시 찾았다.

딸랑딸랑.

종소리가 요란했다. 최경미는 물론이고 출근해 있던 모든 사람의 시선이 문 쪽으로 향했다.

"허허, 이 친구가 마음을 단단히 먹었군."

김형식 사장이 부드러운 미소를 머금었다. 나눔 기획사 식구들도 신현우를 보곤 크게 놀랐다.

락커의 생명이자 자존심의 상징인 기다란 머리카락을 싹둑 잘라 버린 신현우가 당당한 얼굴로 사무실 문 앞에 서 있었다.

『내 손끝의 탑스타』 9권에 계속…

이제부터 전자책은

# 이젠북

## www.ezenbook.co.kr

새로운 세계가 열린다!

| | |
|---|---|
| 김재한 『성운을 먹는 자』 | 철백 『대무사』 |
| 니콜로 『마왕의 게임』 | 가프 『궁극의 쉐프』 |
| 이경영 『그라니트:용들의 땅』 | 문용신 『절대호위』 |
| 탁목조 『일곱 번째 달의 무르무르』 | 천지무천 『변혁 1990』 |
| 강성곤 『메이저리거』 | SOKIN 『코더 이용호』 |

**이름만 들어도 황홀할 정도의 별들의 향연!**

이들의 "유료연재"가 시작됩니다!

# 초대형 24시 만화방

신간 100%, 샤워실, 흡연실, 수면실(침대석), 커플석, 세탁기 완비

## ■ 광명 광명사거리역점 ■

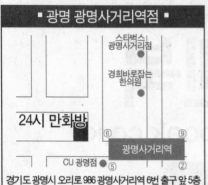

경기도 광명시 오리로 986 광명사거리역 6번 출구 앞 5층
02) 2625-9940 (솔목타워 5층)

## ■ 강북 노원역점 ■

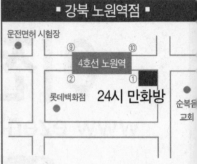

서울 노원구 상계동 340-6 노원역 1번 출구 앞 3층
02) 951-8324 (화용빌딩 3층)

## ■ 일산 정발산역점 ■

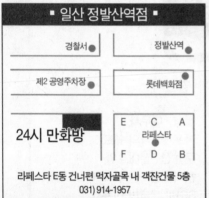

라페스타 E동 건너편 먹자골목 내 객잔건물 5층
031) 914-1957

## ■ 일산 화정역점 ■

경기도 고양시 덕양구 화정동 984번지 서일빌딩 7층
031) 979-4874 (서일사우나 건물 7층)

## ■ 부천 역곡역점 ■

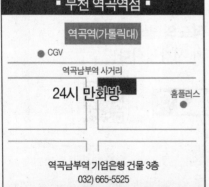

역곡남부역 기업은행 건물 3층
032) 665-5525

## ■ 부평역점 ■

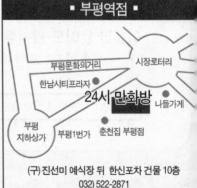

(구) 진선미 예식장 뒤 한신포차 건물 10층
032) 522-2871

FUSION FANTASTIC STORY

**임영기** 장편소설

# 상남자
# 스타일

Book Publishing CHUNGEORAM

유행이 아닌 자유추구 -
**WWW.chungeoram.com**